キグナスの乙女たち
新・魔法科高校の劣等生
Cygnus Maidens
末永康子

## 十文字アリサ

第一高校一年A組。
風紀委員、クラウド・ボール部。
ロシア人の母親譲りの金髪碧眼の少女。
得意魔法は十文字家の秘術、
『ファランクス』。

## 遠上茉莉花

第一高校一年A組。
風紀委員、マーシャル・マジック・アーツ部。
太ももがむっちりしているのがコンプレックス。
得意魔法は『十神』の固有魔法
『リアクティブ・アーマー』。

## 仙石日和

第一高校一年C組。
クラウド・ボール部。
派手目の見た目で、言いたいことは
はっきりと言う性格。

## 五十里明

第一高校一年A組。
生徒会、陸上部。
首席入学の才女で、CADの知識も豊富。
メガネは視力矯正用ではなく、
AR情報端末。

## 永臣小陽

第一高校一年C組。バイク部。
実家は魔法工学メーカー
『トウホウ技産』の共同経営者。
ぽっちゃり体型を気にしていて、
茉莉花と同じ悩みを抱えている。

※クラスは 2099 年 1 学期定期試験終了時のもの

魔法、部活、それから恋。
新たな出会いに胸をふくらませて
二人の少女が入学するとき、
魔法科高校に新たな風が吹き抜ける――。

# キグナスの乙女たち

新・魔法科高校の劣等生

Cygnus Maidens
The irregular at magic high school

6

author.
佐島 勤

illustration.
石田可奈

# 魔法科高校とは

ねえアーシャ、ついに私達も魔法科高校生だね！
でも、魔法科高校ってどういうところなの？

突然どうしたの？　でもミーナにとってはあまり
馴染みがないものね。
じゃあ、魔法科高校のことを説明するわね。

●国立魔法大学付属高校の通称で
全国に九校設置されている魔法師を育てる学校。

●一高から三高までは一科・二科に分かれていたが、
2098年から廃止された。

●一高ではきめ細かな実技指導ができるように、
毎月クラス分けのテストが行われる。

○月○日　日直　遠上

なるほど！　でもなんで古いタイプの黒板なの……？

……別にいいじゃない。そんなこと言うと
今度のテストの勉強見てあげないよ？

そんなぁ……。

# 九校フェスとは

もうすぐ九校フェス、楽しみだなー！
ところで九校フェスってどんなイベントなの？

まったくミーナったら……。
九校フェスは今までの論文コンペに替わって
去年から始まった、魔法科高校全九校の合同行事よ。
学問的な研究成果だけじゃなくて展示や演芸・演奏など
文化系の幅広い発表の場となる、
文化祭みたいなイベントね。

文化祭ってことは屋台もあるよね！？
何食べようかな。

……ミーナ、太るよ？

うぐっ！

## 【1】新学期

夏休みが終わり、新学期になって半月以上が過ぎた。

一高ではもうすぐ月例の実技試験の時期だが、校内の空気は何となく浮き足立っている感じだ。生徒たちの多くは目前の実技試験よりも来月末に開催される『九校フェス』に気を取られている印象があった。

九校フェス。正式名称は『全国魔法科高校合同文化祭』。一昨年まで同時期に開催されていた『日本魔法協会主催・全国高校生魔法学論文コンペティション』、通称『論文コンペ』に替わって去年から始まった、その名のとおり魔法大学付属高校全九校の合同行事だ。

論文コンペが九校フェスに替わった理由は一つではない。複数の要因が絡み合っている。ただ、単純化して言えば「司波達也の所為」となる。「なるだろう」ではなく「なる」だ。

論文コンペは日本魔法協会が主催していた。そして二〇九七年当時、日本魔法協会と司波達也は険悪な関係にあった。いや、正確に言えば達也の側には特に思うところは無く、魔法協会が一方的にヘイトを懐いていたのだが、両者の非友好的な関係は魔法関係者の間で広く知られていた。

その年の春から夏にかけて世界を騒がせた達也を焦点とする動乱は夏が終わると共に収束し、論文コンペは無事に開催された。

しかしそこに司波達也の姿は無かった。

欠席の理由は完全に達也側の事情であり、魔法協会は全く関与していない。しかし世間は、そうは受け取らなかった。論文コンペは魔法協会主催。達也の不参加には主催者の意志が働いたと世間は考えた。

論文コンペの公正性に疑問を持ったのは世間という名の野次馬だけではない。当事者の中にもこの行事に対する不信感を懐いた者が少なくなかった。

その当事者とは他ならぬ魔法科高校生、各校の代表だ。特に優勝した四高代表の不満と不信の念は大きかった。

達也が出場していれば、優勝は確実だった。達也だけではない。前年優勝の九島光宣も出場していなかった。そんな飛車角落ちみたいなコンペティションに意味はあるのか、自分の優勝に価値はあるのかと、四高代表は心の中で思うだけでなく、他校の生徒に愚痴を零したのだ。

優勝した四高だけではなかった。達也の母校である二位の一高は口をつぐんだが、三位の五高は四高に同調して主催者を公然と批判した。

生徒の中に生じた不満に慌てたのは、協会ではなく魔法科高校各校の教職員だった。一度審査の公正性に疑念を持たれた競技会は、それを簡単に払拭できない。特に勝敗を客観的に判定できない評価競技の場合は。そしてこの種の不信感は往々にして、主催団体に対する批判へと発展する。

魔法科高校の生徒は将来の魔法師で、魔法協会は魔法師の自治組織だ。教職員にしてみれば、生徒たちが魔法協会に対して過度に不信の念を懐(いだ)くのは避けたいところだ。況(ま)してやその悪評が事実に基づかないものであれば。

それに元々、高校生の研究発表に順位を付けることそのものに対する批判的な意見もあった。生徒の間から審査の公正性を疑う声が上がったことで、その声は大きくなった。

論文コンペの在り方が抜本的に見直されたのは、この様な経緯による。魔法協会は主催ではなく協賛に立場を変えた。順位を争うコンペティションは順位付けをしない研究発表の舞台に変わった。

また同時に、学問的な研究成果だけでなく展示や演芸・演奏にまで発表の対象を広げた。体育会系の晴れ舞台である九校戦に匹敵する、文化系の晴れ舞台として九校フェスは企画された。

少なくとも形式の上では魔法科高校以外にも門戸が開かれていた論文コンペに対して、九校フェスは魔法科高校生のみを対象としている。その点には「後退」との批判もあった。

しかし教師を始めとする大人の指導も魔法学に関して利用できる資料も、魔法科高校生と外部の高校生では差がありすぎる。競争条件がフェアではないのだから、形式だけ取り繕う必要は無いという反論で結果的にGOサインが出たのだった。

日程は十月最終日曜日だった論文コンペに合わせて、十月最後の金、土、日の三日間。最終日の研究発表以外は参加人数に制限無し。展示も演芸も、各校が割り当てられたスペースを自由に使って良いという、生徒の自主性を最大限尊重する運営形態だ。

九校フェスは、それまで文化祭というものが無かった魔法科高校の生徒にとって、まさしく「文化祭」と呼べる一大行事になった。

会場は魔法協会が奈良に所有する民間の魔法演習場が提供される。協会は九校フェスに協賛団体としてこの様な形で関わっていた。

今年、二〇九九年の開催日は十月二十三日から二十五日。

この三日間、全国の魔法科高校生たちが奈良市北部にある九校フェスの会場に大集合する。

◇　◇　◇

西暦二〇九九年九月二十四日、木曜日。茉莉花が一条茜を相手に雪辱を果たした、あの全日本マーシャル・マジック・アーツ大会女子十八歳以下部門決勝戦から約一ヶ月。

しばらく勝利の感慨に浸っていた茉莉花だが、さすがにもう普段の状態に戻っている。彼女は風紀委員の当番で、アリサと月例実技試験を翌週に控えた校内を巡回していた。

「今日って、月例試験の前にしては演習室が空いてるね？」

演習棟の廊下で不思議そうに訊ねてきた茉莉花に、アリサは「んっ？」と少し訝しげな目を向けた。

「……ミーナ、九校フェスがあるのは知ってるよね？」

質問に質問で答えたアリサに、茉莉花は「うん」と言いながら「それが？」という顔で小首を傾げた。

その表情で、アリサは「あっ、分かってないな」と察した。

「月例試験の前だけど、九校フェスの準備の方に夢中な人たちが多いみたい」

「……自由参加じゃなかったっけ。準備に関わっている人たち、そんなに多いの？」

「でも九校戦の応援だって自由参加だよ？　でもみんな一所懸命だったでしょう」

「九校戦は学校同士の競争で、選手は学校の代表だよ。九校フェスは研究発表も優勝とか無いんでしょう？」

「……勝ち負けじゃなくて、発表の場があるのが楽しいんじゃないかな」

「そうかなぁ。参加することに意義があるのは勝つ為に努力してきたからだって、昔の偉い人も言っているよ」

「……それ、誰の言葉？」

「昔の偉い人。名前は知らない」

茉莉花は出典を示せないことに悪びれなかった。

アリサは「自分の記憶と違っている」と思ったが、茉莉花の方が正しいのかもと考えてそこには触れなかった。

なお一般に正しいとされているのは「勝つことよりも参加することに意義がある」だ。ただこの言葉を広めた人物は、同時に「成功する為の努力が大切だ」と説いているので、茉莉花の解釈も間違っているとは言い切れない。

「勝てなくても拍手はもらえるでしょう？　それだけで嬉しいんだと思うよ」

名言について指摘する代わりに、アリサはこう反論した。

「つまり承認欲求を満たしたいってこと？」

「そう、かも、しれないけど……」

「そんな言い方をしたら身も蓋もない」という思いで、アリサは曖昧な笑みを浮かべた。

◇◇◇

巡回を終えて報告に戻った風紀委員会本部では、委員長の裏部亜季に代わって二年生の誘酔早馬が委員長席に着いていた。

「誘酔先輩、お留守番ですか？」

その早馬に、遠慮の無い口調で茉莉花が訊ねた。

「お留守番じゃなくて、せめて代理と言ってよ」

苦笑する早馬。彼に対する茉莉花の態度の悪さ、と言うか当たりの強さはいつものことだ。

早馬は割と早い時期に慣れていた。そもそも茉莉花は特に暴言を吐くわけではなく、警戒感を取り繕わないだけだ。少女らしい素直な態度と、言えなくもない。

「誘酔先輩。本日の見回り、終了しました。トラブルはありませんでした」

アリサが礼儀正しいだけの、素っ気ない表情で報告する。彼女に比べれば茉莉花の方がまだ、愛想があると言えるかもしれない。

「えっ、何も無かった？　最近じゃ珍しいね」

早馬の意外そうなセリフは本心から出たものだった。九校フェスの出し物は研究発表を含めて、魔法の実演が含まれる。この半月程、放課後はフェス用の魔法があちらこちらで暴発して騒ぎになっていた。

「月例試験直前だからじゃないですか？」

「それなら良いんだけど……」

そう応えた後、早馬が小声で漏らした「裏で良からぬことを企んでいなければね……」という呟きは、アリサも茉莉花も聞かなかったことにした。

「ところで先輩は何故、お留守番を？」

「代理。十文字さんまで……」

「失礼しました。それで、委員長はどちらへ？」

早馬の抗議——というか愚痴をあっさり流したアリサに、早馬は所謂ジト目を向けた。

しかしアリサは動じない。「慣れた」という意味ではアリサの方が顕著かもしれない。

「……委員長は生徒会室だよ」

早馬はすぐに折れた。

「もうすぐ生徒会長選挙でしょう？」

アリサと茉莉花が声を合わせて「ああ……」と漏らした。

「月例試験の直後ですよね……」

「本当に慌ただしいですね……」

「会長選挙を九月末にやるのは伝統だからね」

二人のしみじみと実感がこもった声に、早馬は苦笑いを漏らした。

来週のスケジュールは月曜日に一年生の月例実技試験、火曜日に二年生の試験。――なお二学期から、三年生は月例試験が無い。

そして水曜日、九月三十日が生徒会長選挙だ。

当然、候補者は既に公表されている。立候補したのはアリサの義兄の十文字勇人、唯一人。

今回も会長選挙は信任投票になっており、態々時間を割く必要は無いように思われる。実際に立候補を締め切った時点で選挙を簡略化しようという提案はあった。

だが会長選挙は定期生徒総会の場でもある。過去一年間、臨時総会は開催されていない。一年以上総会が開催されないのは形式上好ましくないという理由で、例年どおり選挙も実施される運びになったのだった。

「新生徒会発足と同時に風紀委員長と部活連会頭も交代するのが慣例だ。裏部委員長もそのつもりでいるよ」

「委員長、辞めちゃうんですか？」

茉莉花が目を見開いた。動揺している様子は無いが、やはり、驚きは禁じ得ないようだ。

「その打合せで生徒会室に行っているんだ」

「来週には辞めてしまわれるのですね。もっと早く教えていただきたかった気はしますが……。慣例だから態々周知する必要は無いとお考えだったのでしょうか」

アリサは残念そうに、独り言のような口調で漏らした。

「慣例だから皆、知っているはずってこと？」

茉莉花が顔だけを横に向けてアリサに問う。

「その点については悪かったよ。一年生が君たちだけだから気が回らなかった。委員長も決して、君たちを蔑ろにするつもりは無かったと思う。申し訳ない」

「そんな！　謝らないでください。先輩が悪いわけではありませんよ」

頭を下げた早馬に、アリサが慌てて首を左右に振る。ただ二人とも、本気という感じは余りしない。お約束を演じているような印象があった。

「それで、新委員長は何方に？　今その席に座っているということは、誘酔先輩が次の委員長に就任されるのでしょうか？」

その証拠に、というのは言い過ぎかもしれないが、アリサはすぐに話題を先へと進めた。

「後任が誰になるかは、まだ決まっていない」

早馬の答えもあっさりしたものだった。

「委員長の交替で、委員にも入れ替えがあるんですか？」

割とどうでも良さそうに、茉莉花が呟くような口調で早馬に訊ねた。

「風紀委員に任期は無いよ。本人から辞めたいという申し出が無い限り委員長が替わっても委員のままだ」

「反りが合わない人が委員会に残っていたら、新委員長がやり難くなりそうですね」

早馬の答えに、これも他人事の口調で茉莉花は感じたことを漏らした。

「チームプレーが必要な生徒会と違って、風紀委員の業務は個人プレーだから。委員会内部がギスギスしても、余り影響は無いんじゃないかな」

早馬の応えは、他人事と言うよりも達観していた。

「えっ、嫌ですよ。そんな組織で働くのは」

割り切ることも達観もできないアリサは、本気で顔を顰めた。

◇◇◇

「終わったーっ！」

九月二十八日、月曜日の放課後。月例実技試験から解放された茉莉花(まりか)の第一声である。

「アーシャ、帰ろっ！」

月曜日は本来ならば茉莉花(まりか)が所属するマーシャル・マジック・アーツ部の活動日だが、明日には二年生の月例試験が控えている為(ため)、今日は全校の部活が休みになっていた。

「ダメよ。忘れたの？　今日は委員会の当番でしょう？」

「あっ、そうだった」

茉莉花(まりか)が所属するマーシャル・マジック・アーツ部の活動日は月、水、金。アリサが所属するクラウド・ボール部は日、水、金。何時(いつ)もであれば二人の当番は、どちらも部活が無い火、木、土のどれかだ。だが前述のとおり今日は部活が休みになっている。それに加えて二年生は月例試験前日だ。先輩の穴を埋める形でアリサたちは巡回当番を引き受けていた。

「うーっ、面倒臭いなぁ」

「そんなこと言わないの。ほら、行こう」

本気でエスケープを考えていそうな茉莉花(まりか)を笑顔でたしなめ、アリサは親友の手を引いて風紀委員会本部に向かった。

「誘酔先輩、試験対策をしなくても良いんですか？」

巡回の準備をする為、風紀委員会本部室に入った茉莉花は、第一声でツッコミを入れた。その隣でアリサは無言の呆れ顔だ。

それも無理はないだろう。明日、月例試験を控えているはずの早馬が委員長席でキーボードを叩いていた。

「順番待ち。演習室の前で待ってるのは時間がもったいないから」

そう言いながら早馬はデジタルタイマーが表示されている携帯端末の画面を見せた。

タイマーは残り時間四十分を指していた。

四十分もあるなら、何もせずに待っているのは確かにもったいないな……。そう思って納得し掛けたアリサはハッと、ある事実を思い出した。

「……先輩。今日は私たち一年生の実技試験で、二年生はお休みだったと思うんですが」

「休みじゃなくて自由登校だよ。試験が実施されている間は魔法の使用を禁じられているけど、試験時間が終われば普通に演習室を使える。無茶苦茶混むから、諦めて最初から登校しない生徒の方が多いんだけどね」

「はぁ、そうなんですね」

アリサは納得できない気持ちを曖昧な表情に隠して相槌を打った。

一方、茉莉花にはそんな遠慮は無かった。

「混雑していると分かっているところへ練習しに来て、その待ち時間に委員会事務を片付けているなんて。誘酔先輩、本当に風紀委員会が好きなんですね」

「えっ？　いや。そういうわけでは……」

思い掛けないことを言われて、早馬は戸惑いを禁じ得なかった。

彼がこの部屋にいたのは風紀委員会が好きだから、では無論ない。現委員長は几帳面な性格だから、数代前の委員会のように未処理の書類が溜まっているということもない。

待ち時間の有効利用というのも口実だ。四十分の待ち時間は嘘ではないが、混雑している施設を選んだのは態とだった。早馬がここにいた本当の理由は、アリサが今日の当番だからだ。

早馬はアリサを狙っている。高校生的な、あるいはナンパ的な意味ではなく、もう少しシリアスな理由で。

この国には『元老院』と呼ばれる、公然と語られることの無い権力者集団が存在する。政界に多大にして隠然たる影響力を持つ私的な政治組織だ。

言うまでもないと思うが、十九世紀後半の一時期、帝国議会開設前に存在した立法機関のことではないし、その後継機関でもない。憲法外機関だった『元老』とも無関係。

財力や人脈で政治を操る陰の権力者たち。一人でも国政を左右できる実力者が密かに集まって意見を交わす利害調整の場、それが元老院だ。

そして元老院を主導する実力者、黒幕の中でも特に大きな力を持つ真の権力者が四人いる。この国を陰から支配していると恐れ敬われている彼らは、その存在を知る人々から『四大老』と呼ばれている。

早馬はまだ高校生の身でありながら、四大老の一人、安西勲夫の側近を務めている。彼は安西から、アリサの能力を見極め有益な人材ならばスカウトするよう命じられていた。

無理矢理自分たちの陣営に引き込むのではなく、あくまでも任意だ。その為に早馬はアリサの入学当初から、何とか親しくなろうと彼女に様々なアプローチを繰り返していた。

しかしそんな下心を正直に言えるはずがない。ただでさえ早馬のアプローチは上手く行っていないのだ。「アリサに会う為に待っていた」などと正直に言えば、現段階でも低い好感度が底値を付けるに違いない。

「……好き嫌いじゃなくて、誰かがやらなきゃいけないことだから。偶々手が空いているからやっているだけだよ」

早馬としては、そんな風に格好を付ける以外の選択肢は無かった。

「……次の委員長は、やっぱり誘酔先輩がなるのかな？」

風紀委員会本部を出たアリサと茉莉花の話題は、明後日の会長選挙から風紀委員会の新体制に移行していた。

「そうなんじゃないかな」

茉莉花の問い掛けにアリサが頷く。風紀委員長は風紀委員の互選で選ばれる。今のところ委員会内部では、早馬を次期委員長に推す声が多かった。

「うーっ……。あたし、誘酔先輩のこと、何となく苦手なんだよね。何か胡散臭くて」

茉莉花が鼻に皺を寄せて唸るように言う。

「でも一番、仕事ができるから」

アリサは一見、早馬を弁護しているようでいて「胡散臭い」という茉莉花の評価を否定しなかった。

「確かに色々と実力はあると思うけどさぁ……。誘酔先輩が委員長になるなら風紀委員会、辞めちゃおうかなぁ」

風紀委員の地位に執着ゼロの茉莉花が、本気とも冗談とも付かない口調で呟いた。

「良いんじゃない、辞めても」

茉莉花のセリフは独り言だと分かっていたが、アリサは容認の応えを返した。

「ミーナは私に付き合ってくれて、委員になったんだから。私はもう、一人でも大丈夫だよ。ミーナも、もっとマジック・アーツの練習に時間を使いたいだろうし」

「んーっ……。アーシャを一人で風紀委員会に残しておくの心配だから」

早馬をあくまでも不審者扱いする茉莉花。

裏の事情を知っていれば、あながち間違いとも言えなかった。

そんな話やもっと他愛も無い話をしながら、二人は校舎内の見回りを終え校庭に出た。あいにく空は秋晴れではなく、秋霖前線の雨雲に覆われている。今にも降り出すという感じではないが、夜には天気予報どおり雨になりそうだ。

グラウンドに生徒の姿はほとんど無かった。皆無ではなかったが、少なくとも練習中の運動部員の姿は無かった。試験前の休部はしっかり守られているようだ。

二人は中庭を通って準備棟へ向かった。準備棟は各クラブの部室として使われている。その背後には学校の敷地の半分以上を占める演習林が広がっている。一高で最も目が行き届かない場所だ。今日はここを重点的に見回ろうとアリサたちは考えていた。

しかし演習林に足を踏み入れる前に、二人は準備棟脇のガレージにこそこそと入っていく人影を発見した。

アリサは慌てて端末を取り出し、学内施設使用許可の一覧表を確認した。

「アーシャ、どう？」

「申請されていないよ」

茉莉花の問い掛けに対するアリサの答えを補足すると、今日のガレージ使用に関する許可申請は出ていないということ。このガレージはロボ研が活動拠点として使用しているものだが、言うまでもなく学校の持ち物だ。クラブ活動の休止日に包括的な許可は適用されない。

つまり、現在ガレージを使用している生徒は校則に違反しているということになる。

「これってあたしたちの仕事なのかな？」

茉莉花(まりか)が疑問を呈したのは一高の風紀委員会の業務範囲が、世間一般で「風紀委員会」という言葉からイメージするものとは一致しないからだ。「世間一般で知られているフィクションの世界のお約束」のイメージからもずれている。

一高の風紀委員会の仕事は校則違反を注意したり、教職員に報告したりすることではない。校則違反の取り締まりという点ではずれていないが、一高の風紀委員会の取り締まり対象は校則全般ではなく「許可されていない魔法の使用」だ。遅刻とかエスケープとか制服改造とかの、普通の校則違反は風紀委員会の管轄ではなかった。

「魔法を使っていたら私たちの仕事だから、確かめる必要はあるよ」

「そうだね。じゃあ、行こうか」

茉莉花(まりか)が先に立ってガレージに向かう。そしてこっそり、ではなく堂々とドアを開けた。

工具を手に何かの機械を組み立てていた四人の女子生徒が一斉に振り向く。彼女たちの顔には一様に、焦(あせ)りの表情が浮かんでいた。

その内の一人は、茉莉花(まりか)の友達だった。

「……小陽(こはる)、何してるの？」

「茉莉花さん、これは、その……」

焦る余り、小陽はまともな答えを返せない。

「魔法を使っていないなら、風紀委員は口出ししないよ」

茉莉花の背後から顔を出したアリサが小陽を宥める。もし小陽たちが魔法を使っていたら逆効果のセリフだが、彼女たちはアリサの言葉に少し落ち着きを取り戻した。

「えっと、その……九校フェスの、展示の準備を……」

「何で小陽がロボ研の展示を？　小陽、バイク部じゃなかったっけ」

「何をしているか」の質問に対する小陽の答えに、茉莉花が小首を傾げる。

茉莉花が知る限り、小陽が所属するバイク部とロボ研は仲が悪い。詳しい経緯は知らないが、もう何年も不仲を引きずっていると茉莉花は記憶していた。

「九校フェスの展示スペースは限られていますから……」

「バイク部とロボ研が共同で出展するってこと？」

「ええ、まあ……」

茉莉花の質問に、小陽は曖昧な愛想笑いを浮かべながら頷く。

「何故、隠れて作業をしているの？　まだ一ヶ月近くあるし、そんなに焦る時期じゃないと思うんだけど」

その態度から校則違反に対する罪の意識が窺われる小陽に、今度はアリサが問い掛けた。

「もう一ヶ月しかありませんよ！」

しかし、それまでの控えめで歯切れが悪い答え方とは対照的に、小陽は熱い口調で訴えた。

「輸送と設置の時間を考えると実質、三週間しかありません！　もう本当、時間が足りないんですよ！」

「そ、そう？」

小陽が放散している熱気に圧倒されるアリサ。

「でも、そういうことだったらなおさら、ちゃんと手続きして許可を取った方が良いと思うよ」

ただ押されっぱなしではなかった。この辺り、アリサは大人しいだけの女の子ではない。

「……そうですね。アリサさんの言うとおりだと思います」

「取り敢えず今日は何処にも報告しないでおくから。まだ何も言ってこないということは、学校も黙認しているんだと思うし」

元々は単なる物置とはいえ、このガレージは学校の施設だ。当然鍵の開閉は遠隔でチェックされているし、出入りを見張る監視カメラもすぐ外に設置されている。また小陽たちは、普通に電気も使っている。彼女たちの秘密作業が学校側にばれていないとは考えられなかった。

「はい。ありがとうございます」

小陽が頭を下げると、他の三人も彼女にならった。その中には月例試験対策をしているはずの二年生もいて、アリサは少し居心地が悪い思いをした。

なお茉莉花は、気まずくなど全く感じていないように見えた。

ゲリラ的に九校フェスの準備をしているのは、小陽たちだけではなかった。演習林では魔法を使った曲芸演奏の練習をしている三年生もいて、この魔法不正使用はさすがに見て見ぬ振りはできなかった。それでも学校側に報告まではせず、厳重注意で収めた。――決して上級生にびびったわけではない、はずだ。

「勇人さん?」

巡回を終えて委員会本部に戻ると、そこにはアリサの義兄の勇人がいた。生徒会役員と風紀委員はお互いの部屋を気安く行き来する関係だが、勇人の姿を風紀委員会本部で見るのは、少なくともアリサは久し振りだ。

「アリサ、巡回ご苦労様」

「あ、はい。ありがとうございます。それで勇人さんは何故こちらに?　明日の準備をしなくても良いんですか?」

「前日にジタバタしなければならないような鍛え方はしていないよ」

勇人のこのセリフを聞いて、茉莉花が煽るような生意気な笑顔を早馬に向けた。――なお試験対策で演習室に行ったはずの早馬は、何故か風紀委員会本部に戻っていた。

「アリサに話しておきたいことがあったんだ」

「でしたら帰宅してからでも……」

「遠上さんにも関係がある話だから、二人が揃うこの場にお邪魔させてもらった」

「あたしにも関係がある話なんですか？」

きょとんとした顔で茉莉花が問いを挿んだ。茉莉花の十文字家に対する反感や嫌悪感は、かなり解消されている。それに伴い勇人に対しても、当初の塩対応がかなり軟化していた。

「そうなんだ」

勇人は茉莉花に目を向けて頷き、アリサに視線を戻した。

「明後日の選挙で俺が会長に信任されたら、アリサに新生徒会役員になって欲しい」

「私が生徒会役員ですか⁉」

「アーシャが生徒会役員⁉」

アリサと茉莉花が同時に声を上げる。横で聞いていた早馬が平然としているのはおそらく、他人事だからではなく勇人の意向を既に知っていたからだろう。

「そうだ。書記を引き受けてもらいたいと考えている」

勇人は大真面目な表情だ。その顔を見るだけで、これが決して冗談などではないと分かる。だがアリサにしてみれば青天の霹靂という表現も過言ではなかった。

「……あの、何故私を生徒会に？」

「不思議ではないだろう？　アリサは定期試験学年二位なんだから」

勇人が言うとおり、前回の定期試験でアリサは入試次席の火狩浄偉を抑えて一年生の中で二位だった。

「それにアリサは几帳面だ。書類仕事も苦にならない性格だと考えている」

事務文書が電子化されている現代では「書類仕事」ではなく「ドキュメント処理」と表現すべきかもしれない。だが今でも伝統的に「書類」という用語が使われている。──閑話休題。

勇人の指摘をアリサは「そうかもしれませんけど……」と歯切れの悪い口調ながら認めた。

彼女自身、自分には風紀委員の外回りより生徒会の事務仕事の方が向いていると思った。

「でも生徒会役員の仕事は端末を叩いているだけじゃありませんよね？」

だがそれも「どちらかと言えば」だ。内気な自分が、トップではないとはいえ生徒の代表のような役職に相応しいとは、アリサには考えられなかった。

「大丈夫だ。アリサは自分で思っている以上に成長している」

きっぱりと断言する勇人。こうもハッキリ言い切られると、反論するのが躊躇われてしまう。

そして改めて、こんなに気が弱い自分に生徒会役員が務まるのだろうかと、アリサは悩んでしまうのだった。

「ただ生徒会役員になれば、風紀委員は当然辞任してもらうことになる。そうすると遠上さんは他の委員と同じように、独りで風紀委員会の仕事を務めなければならない。だから二人で話し合って欲しい」

勇人の言葉に、茉莉花が「ああ、そうか」という納得の表情を浮かべた。

「早馬も二人の意志を尊重するということで良いな？」

「何で誘酔先輩に訊くんですか？」

ただここで早馬に念押しする必要性が、茉莉花には納得できなかった。

「次期委員長には、早馬がほぼ内定しているからだよ」

「えっ、そうなんですか？」

茉莉花が早馬へ振り向く。彼女は意外感を隠していなかった。早馬を推す声が多いのは茉莉花も知っている。だが内定という段階まで話が進んでいるとは思わなかったのだ。

「まだ内緒だよ」

早馬は口の前に人差し指を立てて、茉莉花に向かってウインクした。

茉莉花が小声で「うわっ、キモ……」と呟く。——早馬はその一言を、聞こえなかった振りでスルーした。

そして彼は勇人に「もちろん分かっているよ」と生真面目な顔で頷いてみせた。

◇　◇　◇

風紀委員会本部で、委員会を辞めるかどうかの話をするのは難しい。何となく居辛くなったのと、それ以前に残っている用事が無かったアリサと茉莉花は、勇人と早馬に別れを告げて委員会本部を出た。今は学校から駅へ向かっているところだ。

何時もなら特に話題が無くても、二人の間で話し声が絶えることは無い。だが今日は「どうするの？」「どうしようか」という遣り取りの後、アリサだけでなく茉莉花も無言で考え込んでいた。

「やっぱり、あたしも辞めちゃおうかな」

茉莉花がいきなりそう言ったのは帰宅の個型電車の中で、そろそろ自宅の最寄り駅に到着するというタイミングだった。

「アーシャが生徒会に入るなら、あたしが委員会に残る理由は無いし」

「さっきも言ったとおり、ミーナが辞めるのは反対しないよ」

茉莉花が風紀委員会を辞めると発言したのは今日二度目、一度目は放課後の巡回に出た直後のことだ。ついさっき、と言って良いその時に、アリサは「良いんじゃない、辞めても」と応えていた。

「……ミーナは、私が生徒会に入る方が良いと思う？」

先程茉莉花は、アリサが委員会を続けるなら自分も辞めないと結論していた。茉莉花が自分の風紀委員辞任を蒸し返しているのは、アリサも委員会を辞めると考えているのだろう。

そう推測したアリサの問い掛けに、茉莉花は「うん」と即答した。

「アーシャは生徒会の方が向いていると思うよ。風紀委員が務まらないという意味じゃなくて、どちらが似合うかという意味で」

「似合うか似合わないかで決めることかな？」

「女子高校生的には大事だと思うよ」

冗談かと思って親友の顔を見返すアリサ。しかし茉莉花は、大真面目な表情をしていた。反応に困ったアリサは、取り敢えず今のコメントをスルーすることにした。

「でも部活はどうしよう」

「あっ、そうか。生徒会は毎日だもんね」

風紀委員会の巡回は毎日ではなく当番制だ。今までは二人が共通して部活が休みの曜日に巡回当番を割り当ててもらっていた。しかし生徒会は毎日活動している。

「あれっ、でも明は時々グラウンドで見るよ」

「そう言えばそうだね……」

二人のクラスメイトで共通の友人である五十里明は陸上部に所属している。グラウンドで走り高跳びのバーに向かう彼女の姿を、アリサも巡回中に何度か見ている。

「それに、十文字先輩はどうしてるの？　部活、してたっけ？」

アリサも「十文字」だが茉莉花は勇人の呼び名を「十文字先輩」から未だに変えていない。

「クラブには入っているはずだよ。幽霊部員じゃないと思うけど……」

勇人が所属するクラブの練習日はマーシャル・マジック・アーツ部と重なっているので、アリサたちが巡回中に活動状況を見ることは無かった。

「部活のことが気になるなら、お家に帰って先輩に訊いてみたら？」

「うん、そうだね」

「クラウド・ボール部との両立が問題無いんだったら生徒会、やってみなよ。一緒に委員会活動ができないのはちょっと残念だけど、アーシャの為になると思うよ」

「うん、良い経験にはなると思う……。取り敢えず部活のことを勇人さんに訊いてみるよ」

アリサがそう応えた直後、個型電車は自宅の最寄り駅に到着した。

◇◇◇

アリサは夕食の席で、勇人に生徒会と部活の両立について訊ねた。

「無論、今までどおりとはいかないが両立はできる。俺は週一回のペースで練習に顔を出している」

「生徒会は毎日忙しいんじゃないんですか？」

「俺も一年の一学期に経験しているけど先代までの生徒会は、役員が部活をする余裕は無かった。多分アリサがイメージするとおりの状況だったよ。だがそれを、三矢会長と矢車先輩が変えてくれた」

「何か革新的な効率化を実施されたんですか？」

アリサの質問に勇人は「いや」と失笑した。それは苦笑や嘲笑のような負のニュアンスを伴うものではなく友好的な、おそらく「微笑ましく感じている」という表現が最も相応しい意味合いの笑いだった。

「生徒会の仕事が多すぎるって職員室に訴えたんだよ。学校の仕事を生徒に肩代わりさせるのは止めてくれって。聞くところによるとある日、仕事が終わらないって三矢会長が泣き出したのを見て矢車先輩が切れたそうなんだけど、嘘か本当かは分からない」

アリサは三矢詩奈とも矢車侍郎とも個人的な付き合いはなく、為人を詳しく知らない。だから表面的な印象でしかないが、勇人の話を聞いて「あの二人ならありそう」と思った。

「ただ一ヶ月に及ぶ粘り強い交渉で生徒会の仕事が劇的に減ったのは事実だ。その御蔭で生徒会役員にも部活に出る余裕ができたんだ」

「そうだったんですね……」

表面的には納得しているように見えたアリサだが、心の中では疑問が飛び交っていた。生徒会役員が部活をできないのは異常なことなのか、それとも普通のことなのか。生徒会の仕事量を正常化したのは現生徒会長の詩奈が偉いのか、それとも先代以前の生徒会長が変える努力を怠っていたのか。あるいは以前の生徒会の処理能力が現在の生徒会よりも高かったのか。何が原因で誰が元凶なのか。

ただ部活を理由に、生徒会入りを断るのは難しそうだ。それだけはアリサにも分かった。

◇◇◇

九月末。一高の生徒会選挙に番狂わせは起こらなかった。

十文字勇人が予定どおり信任され、十月一日付で生徒会長に就任。これに伴い明が副会長に、アリサが書記に任命された。

もう一人の役員、会計には勇人のクラスメイトの水戸一二三という男子生徒が起用された。新生徒会の顔ぶれは前以て根回し済みのもので、アリサの風紀委員会脱退を含めてスムーズに発足した。

また慣例に従い、部活連、正式名称課外活動連合会の会頭も交代した。辞任した碓氷威満に替わって新会頭に選ばれたのは五十院紀歌という二年生女子だ。紀歌は音楽部——部活が盛んな高校で見られる吹奏楽部と合唱部を一つに合わせたようなクラブ——の新部長で、文化系クラブから部活連会頭が選ばれるのは初めてだった。

　これに伴い部活連の執行部もメンバーが一部入れ替わったが、アリサたちの友人の火狩浄偉は引き続き執行部に留まった。

　だが風紀委員会は、新体制移行がスムーズに進まなかった。

「——遠上さん、風紀委員会に残ってくれないかな」

「あたしの意志は、先程も申し上げたとおりです」

　風紀委員会本部ではもう五分以上、茉莉花と早馬の押し問答が続いていた。

　裏部委員長が引退を表明して、新委員長は特に揉めることもなく早馬に決まった。

　三年生の委員は裏部委員長に合わせて全員が辞任を申し出たが、これは前から分かっていたことで後任の選定は終わっている。選ばれた本人も既に承諾済みだ。

　ところが、一人計算違いが生じた。茉莉花が選挙の翌日に辞めると言い出したことだ。

　これは事前に辞めると申し出ていなかった茉莉花と、辞めることが予想されていながら確認を怠った早馬の両方に責任があると言える。

　もっとも早馬の方は、失念ではなく故意である。アリサが生徒会に移れば、茉莉花が辞めたいと言い出すに違いないと早馬には分かっていた。だから事前に茉莉花の意思を確認せず、こうして慰留を図っているのだった。

「じゃあせめて、二学期の間だけで良いから」

早馬は主君である四大老・安西から、アリサだけでなく茉莉花のスカウトも命じられている。この命令は早馬一人に下されたものではなく、彼と同じく安西の部下である一高教師、紀藤友彦と共同のミッションだ。早馬の仕事はアリサの説得に比重が偏っており、茉莉花の説得は紀藤が主担当と彼らの間では分担ができている。

しかし安西の命令はあくまでもアリサと茉莉花の勧誘だ。茉莉花とのコンタクト機会を減らすのは好ましくない。せめて二学期の間だけでも、というのは新風紀委員長としてよりも安西の家来としての、切実な要請だった。

「遠上さん、私からもお願いするわ。今学期だけで良いから風紀委員を続けてくれないかしら」

それまで二人の口論を静観していた前委員長の裏部が、ここで口を挿んだ。彼女が今日ここにいるのは形式的な引き継ぎの為だったのだが、思い掛けないトラブルの発生に「自分はもう辞めたから」と知らん顔をできる性分でもなかった。

「風紀委員には何時でも辞める権利があるから、無責任とは言わない。でも遠上さんも、風紀委員会を嫌いになったのではないでしょう？」

「それは……もちろんです」

裏部への遠慮でも義理立てでもなく、これは茉莉花の本音だった。マジック・アーツ部の活動ほどではないが、風紀委員会の仕事も——アリサと一緒だったという点を割り引かなければならないとしても——茉莉花は結構楽しんでいた。

「だったらもう少しの間、力を貸してくれないかしら」

ここまで言われて先輩に頭を下げられては「……分かりました」という答え以外、茉莉花に選択肢は無かった。

このように前委員長の裏部のサポートもあって、風紀委員会も何とか新体制がスタートした。

## 【2】噂(うわさ)

月例試験と生徒会長選挙が終わり、一高内では九校フェスに向けた熱気が高まっていた。九校戦では応援に回るしかなかった文化系クラブの生徒たちは、その傾向が顕著だ。

彼らが九校戦の応援を嫌がっていたというわけではない。代表選手以外の生徒も一丸となって優勝を目指し盛り上がっていた。だがやはり、当事者とそうでない者の間には気持ちに温度差が生じる。

九校フェスも会場の面積に限りがあるから、文字どおりに希望者全員がやりたいことをやれるわけではない。だが間違いなく九校戦より門戸は広く自由度も高い。各校にエリアが割り当てられる以外は、法令の縛りがあるだけだ。そのエリアをどう使うかは各校に委ねられている。

ただ自由度が高いからこそ、学校内で出し物を調整する生徒会の負担は大きい。前会長の詩(しい)奈(な)が爆発してしまったのも、就任直後の九校フェスが切っ掛けだったと言われている。

今年は初開催だった去年の経験があるから、大変さも多少は緩和されている。去年自分たちが苦労したからか、出演・出展希望者の選抜と割り振りも前生徒会が大体終わらせていた。

だが準備作業はこれから山場を迎える。場所や時間、予算など様々な不足が生徒会に持ち込まれると予想されている。いや、既に持ち込まれ始めていた。

「早まったかもしれない……」

アリサはコンソールを操作する手を止めて、そう呟きながら右手で自分の目をマッサージしている。

「気持ちは分かるけど逃げ出すなんて言わないでよ」

その独り言を拾った明が、視線ポインタとキーボードとタッチパネルを駆使しながら切羽詰まった声をアリサに掛けた。

「そんな、無責任なことは、しないけど！」

目の周りを揉みほぐしていたアリサが再びコンソールに向かい、明に負けないスピードで申請書を捌いていく。二人は九校フェスの展示グループから上がってきた物品購入の報告書や予算追加の申請書を処理していた。

報告書も申請書も彼女たちが見る前にＡＩがチェックしている。アリサはＡＩによる不備指摘が妥当かどうかを確認し、様式不備や内容矛盾の度合いが無視できないものであれば提出者に差し戻す。不備・矛盾が無いか、軽微であれば明に回す。

明はＡＩのチェックに引っ掛からなかった物とアリサから回ってきた物を評価し、意見を付けて会長の勇人に回す。簡単にいえばそのような流れ作業なのだが、彼女たちはまだ高校一年生だ。一件一件の処理にどうしても時間が掛かる。その上、これらの仕事には九校フェスの開催に間に合わせるという時限性がある。アリサも明も、授業以上に精神的な疲労を強いられていた。

ただ一高生徒会はブラックな職場ではない。二年前まではその傾向もあった。だが詩奈（しいな）が会長に就任して一気に脱ブラック、ホワイト化が進んだ。残業や持ち帰りは一切無し。どんなに仕事が多くても休憩時間は必ず取る。それで処理できなかった分はどうするかというと、教員以外の学校職員が処理することになっている。

その所為（せい）で一高の事務職員は人数が増えたし労働時間も延びたが、元々大人がするべき仕事を生徒に押し付けていたという面がある。ある意味では学校運営が正常化したと言えるだろう。ただ仕事が減った分、校内における生徒会の権限も縮小傾向にあるが、生徒会役員も高校生だ。権力よりも自由な時間の方が大事であるはずだった。

詩奈（しいな）が改善したホワイト路線は、当然勇人（ゆうと）にも受け継がれている。

「皆、一休みしよう」

勇人（ゆうと）の一声に、他の三人は手を止めた。そして銘々に伸びをしたりストレッチをしたりして、休憩の態勢に入った。

「ココナ、飲み物を頼む」

「かしこまりました」

勇人（ゆうと）のオーダーに応えたのは、秘書業務自動機インターフェイスSAI（サイ）（セクレテリアル（Secretarial）・オートメーション（Automation）・インターフェイス（Interface））97（九十七年型）だ。SAI（サイ）97は事務用自動機の女性型インターフェイス（ガイノイド）だが、単独である程度の接客業務ができる性能を備えている。

このガイノイドは二〇九八年に卒業した司波達也から寄贈された物だ。

彼は二〇九六年春から二〇九七年夏にかけて生徒会役員を務めていた際に、自分の私物である家事補助ガイノイド3H（ヒューマノイド・ホーム・ヘルパー）P94（一般家庭用九十四年型）を生徒会室で使っていた。達也は卒業と同時にこれを持ち帰ったが、後輩の執務環境が劣化しないように当時最新型の事務用ロボットSAI97を3HP94の代わりに生徒会の備品として贈ったのだった。

『ココナ』という呼び名はSAI97の発売年式を『97』と読み替えたものだ。実を言えばこのニックネームはSAI97に広く用いられていて、固有名詞というよりも一般名詞に近くなっている。

標準では三十歳前後の外見を稼働環境に合わせてハイティーンにカスタマイズし、一高の女子制服のジャケットの代わりにエプロンを着けた格好のココナが、ミーティング用のテーブルに移動した勇人たちの前に、各人の好みに調節された飲み物を置いていく。

今はウエイトレスのような使い方をされているが、ココナの本領は事務作業補助だ。事実としてアリサや明はココナのアシストの御蔭で、仕事の底無し沼で溺れずに済んでいる。

「ココナ、一高に関係するニュースがあれば教えてくれ」

こうリクエストしたのは会計として生徒会に新加入した二年生の水戸一二三だ。彼は一八四センチの長身痩躯で、剣術部に所属している。それだけ聞くと厳つい外見を連想しがちだが、顔立ちは温和で地味な作業が得意という「ギャップ萌え」の素質を備えていた。

「本日、報道機関から発信されているニュースはありません」

オフィスにおける接客業務を想定して開発されているココナの喋りはスムーズだ。相手がガイノイドだと分かった上で聞かなければ人間と区別できないだろう。

「非公式の噂話でも構わない」

「それでしたら一件該当します」

重ねて告げられた一二三のリクエストに、ココナはそう前置きして答えを続けた。

「今月下旬に予定されている九校フェスに、当校OBの司波達也氏が来場されるという噂がSNS上に散見されます」

「ひょえっ⁉」

それを聞いて明が、悲鳴とも歓声とも付かぬ声を上げた。

「明……『ひょえ』は無いと思うよ……」

「うっ……ちょっとしたミスよ。忘れて」

呆れ声でツッコむアリサに、明は赤面しながらモゴモゴと言い訳する。

「ココナそれどのSNS？」

その上で明は、早口でココナに質問した。

「よろしければ、アドレスを転送いたしますが」

ココナの申し出に、明は「お願い」と即答する。

その直後、明の視界に三つのアイコンが浮かび上がった。彼女が掛けている眼鏡型情報端末の機能だ。

「……わっ、本当だ。本当かしら。本当なら良いなぁ……」

明の口から締まりの無い声が漏れる。そんな彼女に、アリサだけでなく上級生二人からも生温い視線が注がれた。

「ココナ、同じ情報をメインモニターに出してくれ」

勇人のオーダーによって、壁面スクリーンにＳＮＳの会話画面が表示された。

「噂の発信源はＦＬＴの職員か……」

一二三の呟きに、勇人が「態とだろうな」と返す。

「何故ですか？」

「観測気球だ。世間の反応を測っているのだろう」

アリサの質問に、勇人は自信ありげな口調で答えた。

「反魔法主義者や夢想的平和主義者を中心として、あの人を敵視する連中は多い。あの人が九校フェスの会場を訪れた場合にどの程度の反発やトラブルが予想されるか、噂を流すことで探ろうとしているのではないかな」

「本当に迷惑な連中ですね！」

憤懣遣る方無いという口調と表情で明が会話に復帰する。

「あの方の功績は誰にも否定できない素晴らしいものなのに！　あの方の恩恵は私たち魔法師だけじゃなくて広く日本国民、いえ、全人類に及ぶというのに！」

「ぜ、全人類は大袈裟じゃない？」

明の勢いに圧倒されながら、アリサが控えめに反論した。

「少しも大袈裟じゃないわよ。あの方の常駐型重力制御魔法式熱核融合炉――恒星炉が商業運転を始めれば、世界はエネルギー不足の恐怖から解き放たれるのよ」

「太陽光システムの進歩でエネルギー危機は解消されたんじゃなかった？」

「いいえ、全然足りてない。現在の太陽光システムで得られる電力は五十億人分が上限と試算されているのよ。それも蓄電インフラを必要なだけ整備したという前提で。世界大戦で減少した人口は、既にその五十億人を超えて回復している。エネルギー不足の徴候はアジアでも出始めているわ。太陽光に頼り切りじゃ、百年も経たない内にエネルギーは確実に足りなくなる」

「風力発電は？」

「風力発電は当初予想された以上に大気の熱循環を妨げることが幾つもの研究で明らかになっているわ。季節ごと、地域ごと、沿岸部と内陸部の気温差拡大をもたらし、致命的な気候破壊を警告する学者が大勢いた。だから洋上風力より太陽光が優先されたのよ」

「知らなかった。そういう歴史があったんだね」

明とアリサの会話を聞いていた一二三が「詳しいね」と感嘆した。

「司波先輩が凄い力の持ち主だとは知っていたけど、それ程までの影響力がある人だとは思わなかった。そりゃあ、敵も多いだろうなぁ」

そして、こう付け加えた。

「そうですね。反魔法主義者にとっては、目の上のたんこぶでしょうね」

アリサが相槌を打つ。

「いや、それだけじゃない」

それに勇人は部分否定の異を唱えた。

「どういうことでしょう？」と口ではなく目で問い掛けるアリサ。

明も真剣な眼差しを勇人に向けている。

「小型で経済的な核融合炉が普及すれば、自然エネルギーはその不確実性故に、劣勢に立たされるだろう。これは容易に想像できることだ。自然エネルギーの関連企業、特に専業でやっているメーカーや建設会社は信条や感情よりも、もっと切実な理由で司波先輩にいなくなって欲しいと願っているだろうな」

勇人の言葉に、隣に座っている一二三が何度も頷いていた。

◇◇◇

一高生徒会室での遣り取りは噂に基づく単なる推理推測だが、噂を流した大本では調査と観察に基づく具体的な会話が交わされていた。

「新しく入ってきた殺し屋の数は、思った程ではないわね」

「密入国に対する警戒が強化されているからだろうね」

場所は調布の某マンション。魔法大学一年生の双子の姉弟が、タブレット型端末を手に報告書のページをめくりながら今後の方針を話し合っていた。

「奈良に集まってきている殺し屋一味は、主に関西から?」

「関西からと言うか、大阪から。北陸は一条家が頑張って見張っているからかな。目立った動きは無い。新潟と福井の人員は、引き上げさせて良いと思う」

「それにしても、外国の息が掛かった凶悪犯罪者がこんなに隠れていたなんて。警察は何をしていたのかしら」

「仕方無いよ。外国人を全員監視するには、人員も設備も足りないんだから。それに殺し屋の中には二世や三世もいる。全体主義の監視国家でもない限り、ね……」

苛立ちを見せた姉を、弟が宥める。しかしそのセリフは、姉の神経を逆撫でしたようだ。

「そんなことは分かっているわ」

「ごめん」

弟が素直に謝ったことで、姉は矛を収めて話題を変えた。

「奈良行きは予定どおり？」

「うん。会場は去年と同じだからロケーションを改めて確認する必要は無いけど、現場の空気とでも言えば良いのかな。それを確かめておくのは、必要だと思うんだ。奈良をテリトリーにする九島家の対応も見ておきたいし」

十師族四葉家の分家、黒羽家の次期当主、黒羽文弥のセリフに、双子の姉である黒羽亜夜子は「了解よ」と頷いた。

◇　◇　◇

東京の、都心に近い多摩地区にある閑静な住宅街。その奥に、隠されているように建っている大きな屋敷が元老院四大老の一人、安西勲夫の邸宅だ。

その屋敷内の洋風の居間で、早馬は安西に平伏していた。ソファに腰掛けた状態で頭を下げることを平伏と表現するのは言葉の使い方として正しいとは言えないが、早馬の態度は「平伏」と表現するのが最も相応しく感じられるものだった。

「誘酔（いざよい）、面（おもて）を上げよ」

安西（あんざい）の言葉に控えめな声で「はい」と答え、早馬（そうま）は顔を上げた。

「ロシア人どもに新たな動きがあるようだな」

「はい。軽部絢奈（かるべあやな）より報告がございました。新ソ連の工作員より、ロシアンマフィアが協力者を求めて亡命者やその縁者に手を伸ばしているので関わるな、との注意があったとのことです」

「今回、新ソ連当局はマフィア・ブラトヴァと手を組んでいるのではない？　欺瞞（ぎまん）工作にしては、いささかお粗末だが……」

『マフィア・ブラトヴァ』という聞き覚えが無い単語に、早馬（そうま）は意図せず訝（いぶか）しげな表情を浮かべた。

「マフィア・ブラトヴァはロシアンマフィアとシシリアンマフィアの連合体だ」

それに気付いた安西（あんざい）が早馬（そうま）に教えを授ける。もっともそれは単なる善意からの行為でも知識をひけらかす衒学趣味（ペダンチスム）によるものでもなかった。

「欧米人が旧植民地の権益を守る為（ため）に結成した秘密結社の実行部隊である」

「そのような者たちが、我が国にのさばっているのでございますか？」

「国益を損なうものではなかった故、これまでは見逃しておったが……。少し痛い目を見せる頃合いかもしれぬな。誘酔（いざよい）、軽部絢奈（かるべあやな）に接触するマフィアを捕らえよ。公安にも協力させる」

安西は公安に対して特に強い影響力を持っているというわけではない。だが普段の付き合いが無くても一声掛けただけで当局を動かせるのが、四大老と呼ばれる彼らの権力だ。

「かしこまりました」

早馬はそれを、微塵も疑っていなかった。

◇◇◇

九校フェスまで、あと二週間となった十月の木曜日。

風紀委員の巡回を一人で終えた茉莉花は、報告を終えて退出しようとしたところを部活連新会頭の五十院紀歌に呼び止められた。

「あっ、遠上さん。ちょっと待って」

茉莉花は彼女の姿に、風紀委員会本部に戻ってきた時から気付いていた。茉莉花は紀歌と個人的な付き合いは無い。だが黒と言うより灰色に近い、色素の薄いストレートの髪を長く伸ばしてポニーテールに纏めている紀歌の外見は特徴的で目に付き易い。

しかし茉莉花は、「自分には関係無いだろう」と紀歌のことを特に気にしてはいなかった。

だから彼女に呼び止められて、茉莉花は意外感を隠せなかった。

「――はい、何でしょうか？」

茉莉花の内心を正確に言い表すなら「何の用でしょうか？」。茉莉花もクラブに所属している以上、部活連と無関係ではない。だがこれまで部活連執行部とも紀歌個人とも絡んだことは無かった。

「突然だけど今度の土日、何か用事ある？」

紀歌が自分で言ったとおり、唐突な質問で茉莉花は面食らってしまう。

「日曜は部活に出るつもりでしたが……」

その所為か、ついつい正直に答えてしまう。

「じゃあさ。悪いんだけど奈良に付き合ってくれない？　富田さんには私の方から言っておくから」

『富田』というのはマーシャル・マジック・アーツ女子部の新部長で、フルネームは富田景冬。カナダ系のクォーターで、景冬という変わった名前は『ケイト（キャサリン）』の当て字だ。

「いえ、日曜日は自主練ですから、休むなら自分で言いますけど……。何故奈良に？　それに何故あたしなんですか？」

茉莉花の質問は当然のものだ。東京から奈良はリニア新幹線で片道一時間も掛からないとはいえ、ターミナル駅までに要する時間を加算すれば気軽に付き合える場所ではない。理由の説明は省略して良いものではないだろう。

「奈良に行くのは九校フェスの下見。夏休みの終盤に当校に割り当てられている区画の下見は済ませているんだけど、周りの道路状況とか住宅環境とかを含めてもう一度自分の目で確認しておきたいの。それで会場警備のことを考えれば、風紀委員とも情報を共有しておいた方が良いでしょう？」

「……風紀委員会の代表としてということなら、一年生のあたしより相応しい人がいると思うんですけど」

「遠慮する気持ちは分かるけど……。私はこれでも女子だからさ。同行は女子にお願いしたいわけよ」

「これでも」とか言っているが、紀歌を男子と見間違える者はいないだろう。特にその、実に女性的なボディラインを前にすれば。古いアメコミのヒロインを連想させるような身体の凹凸を見れば、異性の同行を敬遠したくなる気持ちも理解できる。

茉莉花にとって不利な事情がもう一つあった。三年生の引退により、茉莉花は風紀委員会の紅一点となっていたのだ。これも茉莉花が委員会を辞めようと強く思っていた理由の一つであり、前委員長の裏部が茉莉花を慰留した大きな理由でもあった。

茉莉花に「だから辞めたいと言ったのに……」という恨めしげな目を向けられて、早馬は咄嗟に目を逸らした。

しかし茉莉花も、今更そんなことは口にできない。そのセリフでごねることができる女子高校生は少なくないかもしれないが、茉莉花には無理だ。

「……会頭と私の二人だけですか？」

「生徒会からも一人出してもらう予定。と言っても、生徒会役員に女子は二人しかいないけど」

同行者を訊ねる茉莉花の問いに対する答えは、未定と同義だった。

「女子だけというのも不用心だと思いますが……。そういうことでしたらアーシャ、いえ、十文字さんにお願いしても良いですか？」

「会長じゃなくて妹さんの方ね？　ええ、構わないわよ。それじゃ、これから一緒に生徒会室へ行きましょうか」

紀歌の誘いに、茉莉花は力強く頷いた。

生徒会室で紀歌が現地視察の趣旨を説明し、茉莉花がアリサに同行を頼んだ。

「良いよ」

アリサは、あっさり頷いた。

「私は良いんだけど……」

ただ応諾のセリフには続きがあった。

アリサの視線による問い掛けを、勇人はにべも無く「ダメだ」と却下した。

「女子だけで旅行など危険だ」

「旅行って……。十文字君、一泊二日だよ？　しかも行き先は、リニア新幹線を使えば一時間も掛からない奈良だよ？」

「一泊だけでもリスクはある。それに奈良は今、少々焦臭い空気になっている。女子だけで旅行など、とんでもない」

「女子だけって、メンバーを見て判断してよ。遠上さんも君の妹も、そんじょそこらの男には負けない実力者だ。何より、私が連れて行くんだよ。何なら、勝負してみる？　私の実力を確かめる為に」

紀歌には激した様子も無ければ、挑発しているようでもない。口調も表情も落ち着きを保っている。ただ言っていることは「さすがは部活連の会頭」と思わせる勇ましいものだった。

「五十院の実力は知っている。だがどんな実力者にも『もしも』がある。そして何かあった時、女子が負う傷は男子のそれとは比べものにならない」

「そんなこと言ってたら、女子はずっと家に閉じこもってなきゃならなくなっちゃうよ？　十文字君って、そういう主義だったの？」

勇人も紀歌もヒートアップしていないだけで、全く折れる気配が無い。歩み寄りの気配すら見せない二人は、明が呆れた顔付きで端末を操作していたのに、気付いていなかった。

「主義の問題ではない。俺は現実的なリスクの話をしている」

「十文字君の話は、前提が現実的じゃないのよ」

閉門時間が近づいてきている。そろそろ止めなければ、とアリサがタイミングを計っていた、その時。

「話は聞かせてもらったよ！」

男女の人影が威勢の良いセリフと共に、生徒会室に飛び込んできた。

正規の扉から生徒会室に入る為には、役員のＩＤが必要だ。それか、中からロックを解除してもらわなければならない。

彼女たちを招き入れたのは、明だった。

「三矢先輩⁉」

先に立って威勢の良いセリフを放ったのは、前生徒会長の三矢詩奈だった。彼女の後ろには前会計の矢車侍郎が続いている。

「十文字君。いえ、十文字会長。私たちが五十院さんたちに付いていきましょう。それなら問題無いですよね？」

まるでこの場にいたような詩奈のセリフに、勇人は面喰らい、戸惑った。

「何故、そんなことを……？　いえ、そもそも何故俺たちが話していたことを、知っているんですか？」

「五十里さんが連絡をくれました」

勇人が懐いた疑問の答えは、そういうことだ。勇人と紀歌だけでは話が纏まらないと判断した明は、独断で詩奈を呼び出すメールを送っていたのだった。

「侍郎君が付いていけば女子だけではないし、私が一緒なら五十院さんも不安は無いでしょう？」

「私はそうしていただけると助かりますが……、先輩はお忙しいのでは？」

紀歌が当然の遠慮を口にする。三年生が九月末で生徒会や各委員会を引退するのは、受験勉強や就職活動が本格化するからだ。

「大丈夫ですよ。私も侍郎君も、一日や二日でどうこうなるような勉強の仕方はしていませんから」

しかし詩奈は笑顔で「心配無用」と言い切った。

「十文字会長、どうでしょう。私は『九』の各家の皆さんとも親しくさせていただいています。もし何かあっても、便宜を図ってもらえると思いますよ」

詩奈はアリサと違って十師族とその補欠である師補十八家、合わせて二十八家と呼ばれている魔法師同士の交流にも幼い頃から参加していた。性格にも外見にも棘が無い詩奈は、高すぎる魔法の資質の代償を分かり易い形で負っていることに対する同情も相俟って、二十八家の大人たち、特に高齢の者から可愛がられていた。

「……分かりました。先輩、お願いできますか」

「ええ、任せてください」

詩奈が胸を叩いて請け負う。

「矢車先輩にもご面倒をお掛けします」

「いや、構わない」

小さく首を左右に振る侍郎。これがこの場における彼の、最初で最後のセリフだった。

## 【3】暗躍

九校フェスの会場は奈良市北部。ここは奈良市の隣の生駒市に屋敷を構える九島家のテリトリーだ。

九島家は二年半前まで十師族の一員だった。単に籍を置いていたというだけでなく、十師族の中心的な存在だった。

現在は四葉家が圧倒的な武威を示して最強の名を恣にしているが、九島家が十師族だった当時は四葉家と七草家が十師族の双璧と謳われていた。

しかし強さとは別に、九島家は十師族の纏め役と日本魔法界で認知されていた。師族会議の議長も九島家の役目だった。

次の十師族選定会議まで一年半。当然と言うべきか、九島家は十師族返り咲きを狙っている。当主の真言は十師族を降ろされたショックからか、すっかり老け込んで覇気を失っているが、彼の子供たちは十師族の地位に拘っていた。

ただ十師族の席は数が決まっている。失った椅子を取り戻すには、現在その席に就いている家の失点を待つだけでなく、自分たちが魔法師としての実績を挙げなければならない。逆に魔法師として失点があれば、十師族の座はそれだけ遠ざかっていく。例えば自分の地元に魔法師犯罪者が跳梁しているという状況は、家の実力を疑われる大きなマイナス要因となる。

こうした観点から見ると、外国の息が掛かった工作員が続々と流入している現在の奈良は、九島家にとって放置できない状況だった。

それがただの工作員ならば当局に任せていれば良い。だが流入した工作員には、魔法師や対魔法師戦闘を想定して改造された「魔法師キラー」と通称される強化人間が多数含まれている。

これを放置していては十師族に返り咲くどころか、魔法師としての責任ある仕事を任せられないというレベルまで信用が失墜しかねない。九島家は同じ旧第九研出身の九頭見家、九鬼家の協力も得てテロ発生の予防に奔走していた。

今のところ残念ながら、警察はそうした不審者の取り締まりに消極的だ。怪しいというだけでは拘束できないのが法治国家だから、ある程度は仕方が無い。しかし多くの労力を費やして工作員容疑者を監視・牽制している九島家にしてみれば、もう少し積極的に職質や巡視をして欲しいところだった。

そして九島家の陣頭に立ち、当局の対応に日々不満を膨らませていたのが、九島家の次女、九島朱夏だった。彼女は兄弟姉妹四人の中で十師族への拘りが最も強い。

今日も外から流れてきた怪しい連中に目印を付けて回って、朱夏はいったん夕食に帰宅した。食卓に着いた彼女に、先に食事を始めていた兄の玄明が「朱夏」と改まった口調で話し掛けた。

ぞんざいな口調で「何？」と応じる朱夏。九島家の兄弟姉妹は四人ともそれほど仲が良いとは言えないが、憎み合っているわけでもない。全員、もういい年だというだけだ。

いい年と言えば、玄明は結婚しているが朱夏はまだ独身だ。現代の魔法師の基準で言えば、二十七歳で独身はそろそろ周囲の目が冷たくなる頃。しかし近い親戚に少し年上の未婚女性がいる所為で、婚約者どころか恋人すらいないことを、朱夏は全く気にしていなかった。

「先程、三矢家から電話があった。末っ子の詩奈さんが今週末、奈良に来るそうだ」

「詩奈ちゃんが？　今週末って明後日よね？　随分いきなりだけど……」

少し考えて、朱夏は「……ああ」と声を上げた。

「九校フェスの下見か。こっちの状況を知られてしまったのかな」

工作員の跳梁を許しているこの状況を他家に知られたくなかった朱夏は眉を顰めた。

「いや、そういうわけではないようだ」

「えっ、じゃあ何で？」

「九校フェスの下見に来るという推測は正しい。だが工作員の流入を知っている様子は無かった。不穏な空気は察しているようだが」

「つまり三矢家は、家に筋を通してきたということかしら」

二十八家は高レベルの魔法師集団としてそれぞれの地元で自警団の役割を果たしている。ヤクザではないが、余所の家の者が表立って訪れる場合は、その地域を担当している家に断りを入れるのが一応のマナーとされていた。

「そうだ。十文字家の、例の長女も同行するらしい」

「あのロシア系ハーフの？　それはまた、間が悪いわね……」

「詩奈さんが同行しているから余計な騒ぎにはならないと思うが、お前も気に掛けておいてくれ」

「予定は聞いている？」

この話題を終えたつもりだった玄明は、朱夏の質問に「ん？」と意外感を示した。

「土日の一泊二日、十五時四十分に奈良駅到着の予定と聞いているが……迎えに行くつもりか？」

「こういう状況だし、私が付き添った方が良いと思う。少しくらいなら私が現場を離れても、工作員の対応はできるでしょう」

「それは無論、問題無いが」

「詩奈ちゃんに何かあったら、九島家の責任問題だからね」

「そうだな。分かった」

今度こそ本当にこの話題を終えて、二人は無言の食事に戻った。

◇◇◇

アリサと茉莉花が部活連会頭・五十院紀歌のお供で奈良に行くことが決まった日の夜。

早馬は千葉にいた。

制服姿ではなく、暗色のスーツに着替えた彼は高校生には見えない。だからと言って大学生やサラリーマンという感じでもなかった。

ノーネクタイでボタンを二つ開けたシャツの胸元からシルバーアクセをのぞかせた早馬は遊び人か、夜の仕事に就いている若者のような、軽薄な雰囲気を醸し出していた。

ただし彼が今いる所は、そういう通りではない。コンビニ以外に営業している店が見当たらない住宅街だった。ここは彼が安西の下に引き込んで新ソ連工作員相手の二重スパイに仕立て上げた、軽部絢奈が借りているアパートの近くだった。

絢奈のアパートは木造二階建てだが、階段と廊下が露出している昔ながらの格安物件ではない。女性の入居者でも安心して暮らせるようにセキュリティはしっかりしており、建物の出入り口にはオートロックのドアが設けられている。

もう深夜と言って良い時間帯にも拘わらず、そのドアを開けて絢奈が出てきた。Gジャンにアンクルパンツの動き易そうな格好だ。Gジャンの下に着ている薄手のセーターはニットに見えて防弾防刃服。今回の仕事に当たって早馬が用意した物だ。

絢奈が不安そうに左右を見回した。彼女は早馬が来ていることを知らされていないが、自分に安西の監視兼護衛が付いているのは知っていた。だがその者たちは、新ソ連当局の工作員にも見付からないよう隠れている。絢奈が彼らをそれと認識したことは一度も無い。

絢奈が監視者を探したのは撒こうとしたからではなかった。その逆だ。護衛が自分のことを、ちゃんと見ているかどうか不安になったのである。

早馬が今ここにいるのは絢奈を監視していた安西の部下から「今夜マフィアが絢奈に接触する」という報せを受け取ったからだった。

守ってくれる味方を見付けるのを諦めたのか、絢奈は辺りを窺うのを止めて歩き出した。

早馬がその後に続く。十メートルほど距離を取っているが、特に身を隠したりはしていない。

もっとも、隠れようにも前世紀の定番の電柱は既に無く、街灯は身を隠す程の太さが無い。

要するに早馬はただ離れて歩いているだけなのだが、絢奈が彼に気付くことは無かった。

たとえ絢奈でなく、訓練された諜報員でもこの時の早馬には気付けなかっただろう。早馬の魔法による隠蔽を打ち破るには高度な知覚力か、魔法を無効化する能力が必要だ。

認識阻害魔法〔滑瓢〕。外国では端役を意味する〔エキストラ〕という名称が一般的だが、日本では魔法師に関する用語として『エクストラ』が別の意味で使われている為、〔滑瓢〕の名称が使われている。

「滑瓢」の本来の読みは「ぬらりひょん」であり、二十世紀後半に新しい性格付けがされた妖怪の名だ。〔滑瓢〕はその名を借りた上で、妖怪の「ぬらりひょん」と区別する為に「かつひよう」と読ませている精神干渉系現代魔法の一種。

その効果は自分の姿を見えなくするのではなく、自分がその場にいると意識させないこと。

早馬の姿は見える。顔がぼやけているわけでもない。ただこの魔法が発動中は、術者が風景の一部としか認識されないのだ。識別を阻害する魔法とでも言えば良いだろうか。

前述のとおり、早馬を認識できないのは絢奈だけではなかった。

営業が終わったスーパーマーケットの、灯りのない駐車場。そこに絢奈を呼び出した相手は待っていた。マフィアは女のメンバーを使って、絢奈が何時も接触している新ソ連のエージェントに成り済まして絢奈を呼び出した。そして絢奈は、騙された振りをしてここに来た。

偽エージェントの許へと歩み寄った絢奈を、それまで隠れていた男たちが囲む。

絢奈が悲鳴交じりの声を上げた。焦りで舌が回らないのか、「誰なの⁉」とか「貴方たちは⁉」とかセリフの断片しか聞こえてこない。その声もすぐに途絶えた。絢奈を羽交い締めにした男が、彼女の口を塞いだのだ。

早馬は既に、その男の背後に忍び寄っていた。

絢奈を羽交い締めにしている男の背中に、早馬はスタンガンを押し当てる。

男は悲鳴を上げる間もなく、絢奈を摑んだまま舗装された地面に倒れた。

絢奈も巻き添えで引き倒される。

視界が開け、マフィア一味の目が早馬に向けられた。

早馬もまた、この場にいる全員の姿を視界に収めた。

早馬が髪をかき上げる。紫がかった早馬の右目が露わになった。

営業が終わり利用客も無い駐車場は、防犯用のライトで微かに照らされているだけだ。

その薄闇の中に浮かび上がる、紫の瞳。

マフィア一味には、早馬の右目が紫光を内側から放っているように見えていた。

彼らはその不気味な光景から目を離せなくなった。目だけでなく、全身が硬直して動けなくなってしまう。髪をかき上げていた手を早馬が下ろした時には、まるで石になったようにそのままの姿勢で固まっていた。

早馬の精神干渉系魔法［メドゥーサ］。幻術による光で催眠状態に誘導し、精神干渉系魔法で姿勢の維持を強制する魔法。先程まで彼が使っていた［滑瓢］は現代魔法だが［メドゥーサ］はヨーロッパ生まれの古式魔法だ。早馬は幻術系の魔法であれば現代式・古式を問わず、洋の東西を問わず使いこなす器用な魔法師だった。

早馬が絢奈に手を貸して立たせ、一言、二言囁く。絢奈が嫌がる素振りを見せたのは、暗い夜道を独りで帰りたくないからだった。だが彼女はすぐに諦めて帰路に就いた。

早馬はそのまま駐車場に留まった。少しして、二台の自走車が場内に入ってくる。安西の息が掛かった公安の車だ。早馬が倒したマフィアが車に積み込まれ、早馬も片方に乗り込んでその場を後にした。

取り敢えず早馬の役目はここまでだ。訊問は公安が行うことになっている。その結果は、彼の主人である安西が必要と考えれば、早馬にも報せてもらえるはずだった。

◇　◇　◇

これは先進国共通の傾向だが、大学も高校も週休二日から週六日授業に戻っている。魔法大学もその付属高校である魔法科高校も土曜日は授業日だ。

だが大学のカリキュラムは高校よりも融通性に富んでいる上、魔法師の子女は家の仕事を手伝うことが多いので、魔法大学は欠席者に対する救済措置が手厚い。その御蔭で——と言うと少々語弊があるかもしれないが——文弥と亜夜子は安心して金曜日の夜に奈良へ向かった。

二人はいったん豊橋の実家に戻り、そこからは黒羽家の仕事用自走車に乗り換えた。諜報機器を満載したワゴン車で二人が奈良に到着したのは深夜のことだった。

豊橋から奈良への道中で現地の最新情勢は確認済みだ。二人は黒羽家が日本各地に確保している仕事用の別荘で目立たない小型車に乗り換え、ワゴン車には距離を置いて付いてくるように命じて、工作員に対する九島家の仕事ぶりを見物に出掛けた。

「あれは朱夏さんね」

「現場に出ているのは彼女だけなのかな？」

亜夜子の呟きを受けて文弥はハンドルを握る、事前調査を指揮していた案内役の男に訊ねた。

「九島家で現場に出て工作員に対処されているのは、朱夏様お一人です」

この男は以前、九島家前当主・九島烈に仕えていた。それを、烈の没後に引き抜いたものだ。

前当主の仇を取ろうともしない九島家に失望して離れたが、敬意は失っていない。朱夏を「様」付けで呼ぶのは、そういう経緯からだった。

「当主の真言殿と他家に嫁いだ長女の白華さんはともかく、他のご兄弟は？　もしかして、お怪我をされていたりするのかしら」

亜夜子は本気で不思議がっているのか、分かっていて遠回しに非難しているのか、判別し難い口調で首を傾げた。

「玄明様は真言様に代わって九島家の事業を率いておられます」

「次男の蒼司さんは？」

「ご自宅で静養していらっしゃいます」

九島蒼司は二年前の事件で心身にダメージを受け、半年ほど入院していた。退院したと聞いた後も亜夜子は彼が外に出て来た姿を見ていないが、どうやらずっと自宅にいるようだ。

「まだ引きこもり中なの……」

亜夜子が呆れ声で呟く。返ってきたのは、礼儀正しい沈黙だった。

「……朱夏さん一人じゃ手が回らないんじゃない？」

沈黙が気まずくなる前に文弥が話題を変えた。

「九頭見家と九鬼家の協力もありますが、仰るとおり対応し切れてはいないようです」

運転手は直前の沈黙を無かったことにするかのように、文弥の問いに即答した。

「警察は？　公安は動いていないの？」

この亜夜子のセリフは、非難でも嘲弄でもなく単なる質問だった。

「職質など、通常業務の範囲内に留まる対応です。公安は動いていません」

「九島家に対しても足を引っ張るような真似はしていないのね？」

「公安も人手が足りないのでしょう。邪魔をする気配はありません」

「ふーん……」

公安は半年ほど前まで内紛の後始末でゴタゴタしていた。その影響は現在も残っている。今回の件について彼らが何処まで把握しているのかは分からないが、人員不足で手を出したくても介入できないというのはありそうに思われた。

「まあ、横槍が入らないのはありがたいわね」

亜夜子が出した結論に、文弥も同感だった。

もちろん、朱夏の仕事ぶりを見物する為だけに文弥たちは奈良まで来たのではない。フェス会場の下見は明日の日中を予定にしているが、確認したいのはそれだけではなかった。

「テ、テメエら。こんなことをしてただで済むと思ってんのかっ！」

椅子に縛り付けられて喚く男を、文弥が冷たい目付きで見下ろす。床には男の仲間が転がっている。そいつらはピクリとも動かず、呻き声一つ上げていない。まるで死体のようだった。

この場に亜夜子はいない。彼女は市内ドライブに使った小型車ではなく実家から持ってきたワゴン車で待機している。

ここは奈良に侵入した殺し屋――マフィア・ブラトヴァ一味の隠れ家の一つだった。

「心配しなくても、ただで済むから安心して良いよ」

文弥が口角を上げる。ただその笑みに、愛想は全く無かった。嘲笑とも少し違う。自然に相手を見下す貴族的、あるいは王族的な笑い方だった。

「今夜、僕たちが君たちを襲撃した事実は無くなる。君がこれから僕に拷問される事実も無くなる。君がここにいた事実自体が無くなる。君はここで消えるんだ。だから、後のことは心配しなくて良い」

「な、何を言って……」

「理解できない？　まあ、別に構わないけど。僕たちに敵対した時点で、君たちは終わっていたんだから」

ここに来てようやく、殺し屋は自分に不可避の死が迫っていると実感した。

「知っていることは素直に喋った方が良いよ。その方が苦しまずに済む。ああ、嘘はお勧めしないな。僕たちには、嘘か本当か見分ける手段がある。……じゃあ、始めようか」

殺し屋の口から絶叫が迸る。

その声は、隠れ家の外には一切漏れなかった。

◇　◇　◇

土曜日。学校を休むのではなく放課後を待って、茉莉花とアリサは部活連会頭・五十院紀歌のお供で奈良行きのリニア新幹線に乗り込んだ。同行者は他に前生徒会長の三矢詩奈と、前会計の矢車侍郎だ。

「いらっしゃい、詩奈ちゃん」

詩奈はあくまでも付き添い、言い方を変えれば「おまけ」だったはずだが、奈良で出迎えの声を掛けられたのは彼女だった。

「朱夏さん？　何故……」

「詩奈ちゃんが奈良に来るって、元治さんにうかがったから」

「ハル兄さんが？」

詩奈には兄が三人いて、「元治」はその長男で三矢家の次期当主。三矢兄弟の名前は全員「元」で始まるので、末っ子の詩奈からは名前の二文字目で呼ばれている。ちなみに姉も三人いて、姉妹の名前は全員「奈」で終わる。

「三矢家のお仕事じゃないのに……。態々来てくださってすみません」

「気にしなくて良いわ。元治さんに頼まれたからじゃないし」

「……ハル兄さんが無理を言ったんじゃないんですか？」

申し訳なさそうに、上目遣いで詩奈が訊ねる。――彼女は上目遣いが異様に似合っていた。

「そんなことないって。それより、そちらは一高の？」

謝罪とその対応の繰り返しが面倒になったから、というわけでもないだろうが、朱夏が詩奈の同伴者に目を向けた。

「あっ、はい」

朱夏に指摘されて、自分が後輩の紹介をしていなかったことに気付いた詩奈は狼狽の表情を過らせた。

「え、えっと、侍郎君はご存じですよね？」

動揺が早口に表れている詩奈の言葉に、朱夏は余分なことは言わず「ええ」と頷く。

「こちらは二年生の五十院紀歌さん。それから一年生の十文字アリサさんと遠上茉莉花さん」

「九島朱夏です。よろしく」

詩奈の紹介に続いて、朱夏が自己紹介をする。

アリサたちはようやく、朱夏と挨拶を交わす切っ掛けを得た。

アリサたちは五人の大所帯だ。だが事前に聞いていたからか、朱夏は七人乗りのミニバンで迎えに来ていた。しかも、自分でハンドルを握って。

送ってくれると言うのを遠慮することもできず、アリサたちは朱夏が運転するミニバンで宿泊予定のホテルに向かった。九校フェス会場のすぐ近くで、研究発表の代表を務める一高の生徒が期間中に宿泊する予定にもなっているホテルだ。ここには研究発表の代表生徒だけではなく、他にも一高生が十人近く期間中に予約を入れていた。

途中で朱夏に高級料亭の夕食をご馳走になったこともあって、もう夜も遅い。スパイやテロリストを警戒するなら調査にはちょうど良い時間かもしれないが、今回の下見を主導している紀歌にその意図は無かった。あくまでも会場周辺の住民や地元の学生とトラブルが起きないように、注意すべき点をチェックするのが今回の主目的だ。五人は早々に、部屋に引っ込んだ。

部屋割りは順当にアリサと茉莉花、紀歌と詩奈がツインベッドルームで、侍郎がシングルの部屋を取っている。彼女たちは学生らしく一番グレードが低い部屋を予約した。それでも観光ホテルを名乗るだけあって、ビジネスホテルに比べれば部屋は広く、設備も充実している。部屋の浴室は残念ながらトイレと別になっていなかったが、それとは別に大浴場があった。

「アーシャ、お風呂。大浴場に行こう」

茉莉花が目を輝かせてアリサを誘う。前述のとおり、もう夕食は済ませている。後は入浴して休むだけだ。

「そうね」

アリサに異存は無かった。

時季的なものか――奈良の紅葉シーズンは十一月だ――、あるいはちょうど時間的なものか、大浴場の人影は疎らだった。二人が身体を洗い終わって浴槽に身を沈めた時には、他の客はいなくなっていた。

「……三矢先輩も五十院先輩も来ないねぇ」

「そうだね。私たちより先に上がったということはないと思うけど」

「あたしたち、すぐにお風呂に来たからね」

肩を並べてお湯に浸かりながらのんびりとお喋りする二人。お互いの家のお風呂を使う場合とは違い、今夜は手足を伸ばして一緒に入浴している。普段より伸び伸びとした口調になるのは、やはり家庭用の浴槽では何だかんだ言って窮屈なのだろう。

「やっぱり、五十院先輩は誘った方が良かったかな」

茉莉花が呟くように言う。

「何で？」

アリサの質問に、茉莉花はニンマリと笑った。

「こういう所は、一人だと来にくいって人もいるじゃない？」

「何で一人？」

アリサはますます不思議そうに首を傾げた。

「だって、三矢先輩は矢車先輩と……むふふっ」

「ミーナ。その笑い方、何かいやらしいよ……」

呆れ顔でアリサは茉莉花をたしなめる。ただ、たしなめたのは笑い方だけだ。セリフの内容自体は否定しなかった。

茉莉花が何を言いたいのか、何を言おうとしたのかアリサにも理解できていた。そして彼女も、その展開はありだと考えていた。

前の大戦で道徳観が復旧し、女性の婚前交渉は忌避されている。これは男性が女性を所有物扱いしているからではなく、女性の側が「自分を安売りしない」という意識になった結果だ。処女でなければ結婚できないとか、処女でなかったことを理由に離婚されるとか、そういう馬鹿げたことは無い。そんなことを言い出した男は、同性からも白眼視される。

逆に言えば、安売りでなければ婚前交渉もありだということだ。あの二人は多分、本気で結婚を考えている。家柄が障碍になるかもしれないが、決して乗り越えられない壁ではない。現代社会は、さすがにそこまで逆行していない。また、ハイブリッド——魔法師とサイキックの能力を併せ持つ者が評価されつつある今の風潮ならば、魔法資質も問題視されないだろう。

「矢車先輩のお部屋、ダブルの方が良かったんじゃないかな」

　そう言って茉莉花が、今度はニシシと笑う。

「それはちょっと……。一人で泊まるのにダブルは変に思われるんじゃないかな」

「そっか。ダブルだとお家の人にバレちゃうかもだし、三矢先輩は小柄だからシングルでも窮屈じゃないかもね」

「ミーナ……」

「狭い方がお互いを感じられて良いのかもしれないし」

「ねえ、この話は何時まで続くの……？」

「あれっ？　嫌だった？　興味無い？」

「興味は……無くはないけど。でも、あからさま過ぎると言うか……」

「アーシャ、赤くなってる」

　茉莉花が指摘したとおり、アリサの顔が赤らんでいる。それほど長時間お湯には浸かっていないので、それ以外の理由なのは明らかだ。

「もしかして、恥ずかしかった？」

　茉莉花の感覚では、ここまでの会話は猥談にすらなっていない。中学生でも、もっと露骨な話をしている。現に茉莉花が通っていた北海道の中学校でも、女子同士そういう会話で盛り上がっていた。

「…………」

「アーシャ、可愛い！」

カバッ、と茉莉花がアリサに抱き付く。

盛大にお湯が撥ねた。

密着した二人の間でブクブクと泡が生じ、アリサの手が苦しげに茉莉花の背中を叩く。

茉莉花に伸し掛かられて、アリサの顔が半分、ちょうど鼻の辺りまでお湯に沈んでいた。

それに気付いて、茉莉花が慌ててアリサを離す。

アリサは慌てて息を吸い、その際に水が気管に入ったのか激しく咳き込んだ。

「……酷いよ、ミーナ」

咳が何とか治まって、アリサは茉莉花に恨めしげな目を向ける。

「……ごめんなさい」

茉莉花は小さくなって謝った。

◇◇◇

翌日、五人はホテルで朝食を済ませて早速九校フェスの会場に向かった。――なお入浴に関する真相を訊ねる蛮勇は、アリサにも茉莉花にも無かった。

「……やっぱり、使い勝手が悪そうなレイアウトですね」

現地に着いて会場となる広い敷地を見た茉莉花は、真っ先にそんな感想を漏らした。

「確かに使い勝手が悪かったけど、各校を平等にしなければならないから仕方無いんだよ」

去年、九校フェスを経験している紀歌が同意しながら茉莉花を宥めた。

九校フェスの会場となるこのイベントエリアは、中央に研究発表に使う多目的ホールが建っている。そしてその周りを環状扇形（扇形の内側を中心角が同じで半径が短い扇形で刳り貫いた図形）に九等分して各校に割り当てられる。各校は割り当てられた土地を自由に使えるという運用になっている。

ステージを作るのもテントを立てるのも自由。使用期間は九校フェスの一ヶ月前から二週間後までで、その期間に撤去できるなら建物を造っても構わない。実際に会場内にはプレハブ小屋やサーカスに使うような大型テントが既に立ち並んでいた。

「これは……月例試験が疎かになっても仕方が無いかもしれませんね」

アリサが「改めて実感した」という口調で、呟くように漏らした。

一高のエリアでもステージやプレハブ小屋が建設済みで、テントも立っている。現在は背が高い櫓のような物を建てていた。だが建物の類はそれが最後のようだ。今は小屋やテントの中で展示作業を進めている生徒の方が多い。ざっと見たところ、他校のエリアでも傾向は同じ。

二週間後の本番に向けて、準備は着々と進行していた。

各校のエリア同士は、多目的ホールから放射状に延びる幅四メートルの道路で隔てられていた。

「車は通らないんでしたっけ？」

「発表用の大道具搬入に車を使うけど、それは研究発表の前日夜間に行うことになっている。生徒が行き交う日中は歩行者専用よ」

茉莉花の質問に紀歌が答える。

「だったらこの幅でも十分ですね」

それを聞いて茉莉花は頷いた。

「むしろ、展示エリア内の混雑が心配です」

対照的にアリサは不安を隠せずにいた。

「通路確保を考えて、何処に何を建てるのかは部活連の許可制にしてあるよ。他の学校も同じはずだから、将棋倒しのようなことは起こらないと思う」

紀歌は最低限の安全を保障したが、アリサは余り安心できなかった。

プレハブ小屋などの、建物の強度を確認しておいた方が良いという侍郎のアドバイスで、紀歌たちは一高エリアに造られた小屋やステージをチェックして回った。

「小陽、ここで作業してたの」

「あっ、茉莉花さんに、アリサさん。お仕事、お疲れ様です」

大型テントの中では茉莉花たちの友人の永臣小陽が、男女六人のバイク部・ロボ研混合チームでハンドルが無いバイクのような物を取り囲んで作業をしていた。

「それをこの中で走らせるの？」

茉莉花がテントの中を見回しながら訊ねる。輪を描いて配置された階段席の内側は緩衝材で囲まれた円形劇場になっていて、曲乗りに使うような障碍物が配置されている。このテントは外見だけでなく中の様子もサーカスを連想させる物になっていた。

「はい。メカニズムをバイク部が、運転ＡＩをロボ研が仕上げたこのロボットバイクで、曲乗りを披露します」

誇らしげに語る小陽。

「曲乗り？　小陽が？」

「ち、違いますよ！」

しかし茉莉花の質問に、小陽は勢い良くブルブルと首を振った。

「演技はライダー班の先輩がするんです」

「ライダー班？」

知らない単語に茉莉花が首を傾げる。

「バイク部はメカニック班とライダー班に分かれているんですよ。メカニック班が整備した車体をライダー班がテストするんです」

その疑問に小陽が答える。

「班と言っても二人しかいないけどね」

そこに紀歌が一言付け加えた。

「あの問題児ども、魔法技能も身体能力も高いのに九校戦の代表を断るんだから……。二人が代表に入っていたら、今年の九校戦は優勝できていたかもしれないのに」

そして紀歌は、追加でため息を吐く。

「そんな先輩がいらしたんですね……」

アリサが紀歌に、労る口調で声を掛けた。


エリアの外縁近くには屋根が無いステージが設けられていた。

ステージの上から「部長！」という声が紀歌に掛かる。紀歌はその声に手を振って応えた。

声を掛けたのは一年生だ。アリサたちのクラスメイトではないが、顔には見覚えがあった。

「部活の後輩よ」

アリサたちの質問に先回りして紀歌が答えを出した。紀歌が「音楽部」という、吹奏楽部と合唱部を一つにしたクラブに所属していることはアリサも茉莉花も知っていた。

「五十院先輩、クラブの部長も務めていらしたんですね」

「本当は手分けしたいんだけどね」

「お忙しいでしょうに」という副音声が付いたアリサのセリフに、紀歌は苦笑いで応えた。

アリサが「あっ」という表情を見せる。紀歌の気分を害したか、と慌てたのだ。

「五十院先輩もステージに立たれるんですか？」

茉莉花の質問は、結果的にアリサのフォローになった。本人は思い付いた疑問をそのまま口にしただけだったが。

「ううん、私は裏方。さすがに手が回らないわ」

紀歌が苦笑を深める。

これには茉莉花も「お疲れ様です……」と神妙な顔になった。

お昼になる前に一高の割り当て区画だけでなく他校のエリアも一通り見て回って、五人は会場（予定地）を後にしようとした。

「――っ！」

そのタイミングで、侍郎が不審者を見付けた。

「侍郎君⁉」

突如、無言で走り出した侍郎に詩奈が呼び掛ける。

「そこにいてくれ！」

侍郎は足を止めずに、そう叫び返した。

「何だったのかな……？」

「怪しい人影が逃げていったように見えたけど」

アリサの呟きに答えを返して、茉莉花は侍郎が最初に走って行った方へ足を進めた。

「ミーナ、矢車先輩は動くなって」

「大丈夫だよ。怪しいヤツは逃げてったみたいだから」

アリサが引き止めようとするも、茉莉花は足を止めない。

仕方無くその後に付いていくアリサに、詩奈と紀歌も続いた。

「あれっ？」

侍郎の姿が見えなくなったプレハブ小屋の角で、茉莉花がそう呟いて立ち止まる。

「何かある……」

「触っちゃダメ！」

何かがプレハブ小屋の壁際に半分埋まっていた。それに気付いた茉莉花が手を伸ばす。だが途中で詩奈が、強い口調で茉莉花を制止した。

「それ、多分呪物だよ」

「じゅ、じゅぶつ？」

「呪物」という単語に馴染みが無い茉莉花が、支えながらその言葉を繰り返す。

「呪いの道具という意味よ。私は古式魔法に詳しくないから、具体的にどう作動するかは分からないけど……多分、魔法的な爆弾だと思う」

爆弾と聞いて、茉莉花は慌てて手を引っ込めた。

「……でも、放ってもおけませんよね？　私のシールドに閉じ込めて警察か魔法協会に届けますか？」

「届けるのは賛成だけど少し待って。侍郎君なら、それの正体が分かると思うから」

アリサの提案に、詩奈は頷かなかった。

侍郎は魔工科で現代魔法工学の基礎を学ぶ傍ら、学外では縁があって古式魔法の呪法具を学んでいる。彼が一高の魔工科で評価されているのも、この方面の知識によるものだ。

茉莉花だけでなくアリサもそのようなことは知らないが、だからといって詩奈の言葉を身贔屓と疑ったりはしなかった。

紀歌も含めて、彼女たちは大人しく侍郎が戻ってくるのを待った。

侍郎は十数分で戻ってきた。

「面目無い、逃がした」

「面目無いってことはないよ。侍郎君以外、気付かなかったんだから」

詩奈があっけらかんとした口調で慰める。それでも侍郎はまだ、口惜しそうだ。

「――侍郎君。これ、見て欲しいんだけど」

詩奈は慰めるのではなく、意識を余所に向ける作戦に切り替えた。

彼女の思惑どおり侍郎は「これ？」と言いながら、詩奈が指さした、半ば土に埋もれている物体を見る為に身を屈めた。

「……呪物だ。さっきの奴はこれを仕掛けていたのか」

「やっぱり？」

詩奈が少し得意げに呟く。

侍郎は身体を伸ばし、呪物に右手を向けた。同時に、呪物を囲んで地面に亀裂が走る。その直後、呪物が周りの土ごと持ち上がった。

「魔法……じゃ、ない？」

「念動力よ、ミーナ」

茉莉花の自問――独り言にアリサが答える。そしてその後に「でも、噂よりずっと強い……」という呟きを加えた。

「大して重くないよ」

アリサの独り言を聞き付けた侍郎が、微かに照れたような口調で謙遜した。

「重さはともかく、地面は固くなかったのですか？」

「掘るのと違って真っ直ぐ持ち上げるだけなら、周囲の土を押し退ける必要は無いからね。地面の固さは関係無いよ」

アリサの疑問に、侍郎はやや説明が足りない答えを返した。アリサはそれで納得できたようだが、隣で聞いていた茉莉花は「良く分からない」という顔をしていた。

侍郎は詩奈に顔を向けていたので、茉莉花の表情には気付いていなかった。

「詩奈、何処か安全な場所でこれが何か調べたいんだけど、良い所は無いか？」

「んーっ……。魔法協会の警備事務所が良いんじゃないかな」

侍郎に問われて少し考えた後、詩奈はそう答えた。


「今更ですけど……それ、持ち上げても大丈夫だったんですか？」

念動力で宙に浮かせたまま呪物を運んでいる侍郎に、紀歌が遠慮がちな口調で訊ねた。

「それは大丈夫。加速・減速によるGが掛からないように念動力を作用させているから。呪物にとっては、土に埋まったままと同じだ」

侍郎はその質問を予期していたのか、考える時間を挟まなかった。

「へぇ、そうなんですね」

紀歌が感心した表情で頷く。彼女だけでなく、アリサと茉莉花も似たような顔をしていた。

呪物を仕掛けたのはマフィア・ブラトヴァの殺し屋だった。その最中に、侍郎に見付かったのは誤算だったが、追跡は短時間で振り切った。

◇◇◇

「……へっ、キャリアが違うんだよ。キャリアが」

実際には結構綱渡りで相手の諦めの良さに助けられた格好だったが、殺し屋は安心を得る為か、強がった口調でそう嘯いた。

しかし、その直後。殺し屋の独り言に、応えるように。

「土地勘に助けられただけに見えたけど？」

「っ⁉」

殺し屋が息を呑んで足を止める。

その声は、彼の前から聞こえた。

「一体、何処から……」

殺し屋はちゃんと前を見ていた。確かに背後を気にしてはいたが、すぐ目の前まで接近されて気付かない程、気を抜いていたつもりはない。況してや、こんな相手ならば。

（女、だよな……？）

　戸惑いが殺し屋の思考リソースを奪う。

　目の前に立つ「きれい」と「可愛い」を併せ持つ人影。絶世の美女、傾城の美少女と呼べる程ではないが、不思議と目が離せない。

　女に見えるが、男に見えないこともない。女性の男装とは違う。男性の女装とも違う。美女のようでもあり、美少年のようでもある。

　まるで性別を自由に変えられる妖。見詰めていると現実感を侵食されて、黄昏の世界に引き込まれていくような気分にさせる美女だった。

「余裕だね。逃げなくて良いの？」

　美女の声に、殺し屋がハッと我を取り戻す。気が付くと、殺し屋は左右と後ろを黒服黒眼鏡の、某M●Bのような格好をした男たちに囲まれていた。

「逃げないんだったら、抵抗しない方が良い。間違っても戦おうなんて考えちゃ駄目だよ。加減を間違えて殺してしまうような未熟者はいないけど、怪我で喋れないなんて面倒だから」

「お前、何者だ！」

「取り敢えず場所を移そうか。――捕らえろ」

　中世以前の、奴隷を見下す王侯貴族のような態度で、黒羽文弥は配下の黒服に殺し屋の捕縛を命じた。

　彼らの姿を見た者も、殺し屋の叫び声を聞いた者もいない。全ては黒羽家の結界、認識阻害

の幻術の中で行われた一幕だった。

◇　◇　◇

魔法協会の警備員詰め所には残念ながらその時、呪物の分析ができる魔法師はいなかった。

「……どうやら、一種の煙幕みたいだね」

そこで安全な場所だけを借りて、侍郎が呪物の分析をしていた。道具は侍郎の私物で、何時も持ち歩いている物を使った。

「煙幕？　煙を出す呪い？」

「もちろん普通の煙幕じゃないよ」

ボケなのかマジなのか分かりにくい質問をした詩奈に、侍郎はツッコまず真面目に答えた。

――対応に慣れている感があった。

「濃密な想子の煙が充満した結界を作り出して、外からの魔法的な探知と干渉を妨げる呪法具だと思う」

「結界を作る道具ですか。へぇ、初めて見ました」

茉莉花が興味津々の目をして呪法具に顔を近付ける。

今度は誰も止めなかった。

ただ侍郎が、横から手を伸ばして呪法具に布を掛けた。

「矢車先輩、これは？」

肩透かしにあったような顔をしている茉莉花の隣から、アリサが侍郎に訊ねた。

「呪法具が間違って起動しないようにする呪布だよ。簡易版の封印だ」

「布一枚で封印できるんですか？　凄いなぁ……」

しげしげと呪布を見つめる茉莉花。彼女的には好奇心を満たす糧として呪布で十分、呪法具の代わりになるようだった。

呪物＝呪法具については、犯人こそ捕まえられなかったものの事前にその企みを挫くことができた。取り敢えず満足できる結果と言えた。

◇◇◇

予想外の事件に遭遇した為に午後は急ぎ足になってしまったが、取り敢えず予定していた現地調査のミッションを終えて、紀歌に率いられた一高生一行は帰りのリニア新幹線に乗り込んだ。下見の結果、地元とのトラブルは余り心配しなくても良さそうだという結論になった。

九校フェスの会場となるあそこは魔法協会が魔法の実験やトレーニングに使っている場所で、日頃から協会が地元に対して色々と配慮している御蔭かもしれない。周辺の雰囲気は、概して魔法師に対し友好的であるように感じられた。その点は去年と変わっていなかった。

　そうなると帰りの車内で話題になるのは、あの呪法具だ。「あれは一体何の為に仕掛けられたのか」という疑問が彼女たちの意識を占めた。

「素直に考えたら、誘拐か暗殺目的ですよね」

　紀歌が詩奈を見ながら発言する。なお彼女たちは二人用のシートを向かい合わせにしていた。侍郎は会話に加わっていない。

「そうですね。一義的には魔法師の護衛を無力化。その裏にある目的は、五十院さんが言ったように要人の誘拐か暗殺でしょう」

　詩奈もその点には異存なかった。

「でも高校生のお祭り会場で、誰を暗殺するんですか？」

　茉莉花が疑問を呈する。なお彼女は誘拐の可能性を思考から除外していた。頭の中で「誘拐なんて手間が掛かることをするはずがない」と決め付けていた。

「やっぱりあの噂と関係があるんじゃ……」

　アリサのこのセリフは茉莉花に向けたもの。

「十文字さん、噂って？」

　しかし、真っ先に反応したのは詩奈だった。

「司波先輩が見に来るかもって、あれ？」

また、答えは紀歌からもたらされた。

「十文字さん、司波先輩が誘拐されるかもとか、暗殺されるかもとか、考えているの？」

「ええ、まあ……。研究発表に使うホールじゃなくて一高の展示エリアに仕掛けたとなると、一高関係者が狙いじゃないかと……」

詩奈の問い掛けに、アリサは遠慮がちな口調で答えた。

「あっ、成程ね。でも司波先輩を……？」

詩奈は表情を豊かに変えながら可愛い唸り声付きで考え込んだ。しかし、やがて耐えられなくなったのか上品に笑い出した。

「ないない。司波先輩を暗殺なんて、どう考えてもないよ。誘拐なんてもっとあり得ない」

詩奈は決してアリサを馬鹿にしたのではないが、茉莉花にはそう聞こえたのかもしれない。

「何故ですか？　司波先輩を疎ましがっている人たちも多いと聞きましたが」

茉莉花は少し向きになった口調で詩奈に反論した。

「ああ、ごめんなさい。決して馬鹿にしているのではないのよ」

茉莉花が気を悪くしているのを察して、詩奈は謝罪を口にした。

だが彼女はまだ、笑っているままだった。

「司波先輩のことをできれば何とかしたいと思っている人たちは、確かに多いでしょうね。でも無理なの。そんなことは、誰にもできない。もし可能性があるとしたら、深雪先輩くらいかな……。でも深雪先輩が司波先輩の敵になることは、それこそ絶対にあり得ないから」

詩奈の顔が、雰囲気が、何時の間にか女子高校生のものから十師族のものに変わっていた。

その変化に茉莉花は気圧される。

「司波先輩が四葉家の一員だからですか」

こう訊ねたのはアリサだった。

彼女が「四葉家の」と訊ねたのはやはり、詩奈から十師族の凄みを感じていたからだろう。

「違うよ」

詩奈はアリサの質問に、誤解しようのない「否」を返した。

「司波先輩が強いからだよ。誰も敵わない、絶対的な強さを世界に見せつけてきたからだよ」

「絶対的な強さ……」

アリサが実感の無い声音で詩奈が口にしたフレーズを繰り返す。

「そう、絶対的な強さ。仮に四葉家が、いえ十師族が束になって司波先輩を抹殺しようとしても、間違いなく失敗する。手を出せば自分の方が破滅すると分かっているのに、向かっていく愚か者なんているはずがない」

「何だか、祟り神みたいな先輩ですね……」

敬意の欠片も無い口調で茉莉花が感想を述べた。

「うーん……神様は神様でも、破壊神？」

詩奈の顔は冗談っぽく笑っていたが、声は本気だった。

「四葉家には『触れてはならない者たち』という異名があるんだけど、今や真のアンタッチャブルは司波先輩じゃないかな」

◇◇◇

結論から言うと、詩奈の推理は間違っていた。

「司波達也の暗殺ですか……」

早馬が借りている、一人暮らしのアパート。そこにマフィア・ブラトヴァ構成員の訊問結果を届けに来たのは、安西の側近の一人である鈴里という女性だった。

早馬は彼女のフルネームを知らない。「すずり」というのが苗字なのか名前なのかも、本当のところは分かっていない。彼女は早馬のような実行要員に安西の意向を伝える役目を担っていた。

「新ソ連ではなくマフィアが司波達也の暗殺を企んでいるのですか？」

無謀ではないか、と早馬は感じた。司波達也は今や元老院ですら、容易に手出しができない存在に成長している。彼の主と同格の、四大老の一人、東道青波の庇護下にあるという信憑性の高い噂もある。

国際的な組織であっても犯罪結社ごときの手に負える相手とは、早馬には思えなかった。

「司波達也暗殺の企ては、今回が初めてではありません。今年の春から何度か試みられ、全て本人に仕掛ける前に潰されています」

それを聞いて早馬は、笑いの衝動を覚えた。傷を負わせるどころか、仕掛けることすらできない。それでは暗殺者と言うより、道化ではないか……。そう思った。

だが鈴里は単なる伝令役であったとしても、彼らの間では安西の代理人だ。早馬は吹き出すのを自重した。

「それで御前はこの件をどうお考えなのですか？」

「司波達也の身辺警護は必要無いとお考えです」

これは頷ける話だった。安西にとってライバルの、東道の庇護下にあることを抜きにしても、本人の実力に加えてあの四葉家の一員だ。下手に手を出せば藪蛇に嚙まれかねない。

「ただマフィア・ブラトヴァの跳梁を放置してはおけないとはお考えです」

これも、納得できる。外国の犯罪組織に国内を引っかき回されている現状は、安西のような愛国者には看過できないものだろう。

「公安にも鞭を入れるおつもりのようですが、誘酔さんのご活躍も期待しておいでです」

「光栄です。具体的なご指示がありましたら、頂戴したく存じます」

「捜し出して、捕らえろとのことです」

「かしこまりました」

鈴里（すずり）が伝えた指示には「何処（どこ）で」も「何人」も含まれていなかった。だが早馬（そうま）は補足を求めず、安西（あんざい）を前にした時と同様に恭（うやうや）しく一礼した。

## 【4】魔手

日本魔法界におけるアリサの立場は、十師族・十文字家の直系だ。母親と前当主である父親の間に婚姻関係が無くても、十文字家直系の地位に影響は無い。相続とは違い、認知すらも必要無い。実の子であるという事実だけが重視される。

本人に魔法力が顕在化しなくても構わない。魔法資質は遺伝すると分かっている。本人の魔法技能が低くても、婚姻相手次第で子供には強力な魔法技能が宿る可能性があるのだ。

況してやアリサの場合は十文字家直系の名に恥じぬ、強力な魔法技能が発現している。その上、魔法科高校でも優秀な成績を示した。今や非嫡出子だったことを気にしている者は、家族の中にもほとんどいない。出生を最も気にしているのは、敢えて遠方に進学した同い年の弟よりもアリサ本人かもしれない。

「……アリサの身辺に注意を払うべき、ですか？」

十師族の定例会合で、そのアリサのことが話題に上っていた。定例会合と言っても各家の当主が一ヶ所に集まるのではなくリモート会議だ。二年前の十師族当主を標的にしたテロ事件の教訓から、十師族は各家の中に秘匿性を最高度に高めた回線を用意してリモートで会議を行うようになっていた。

「四葉殿。何か具体的に懸念される情報をお持ちなのですか」

アリサの身辺について警告したのは、四葉家当主の四葉真夜だった。

『ロシアからマフィアが次々と流入しているのはご存じかしら？』

『マフィア・ブラトヴァのヒットマンのことですな』

真夜のセリフに反応したのは三矢家当主・三矢元だった。三年前までは、三矢家が十師族の中で最も外国通と言われていた。今でも達也という要素を除けば、国外の情報網は三矢家が一番充実しているかもしれない。

『三矢殿、マフィア・ブラトヴァとは？　「ブラトヴァ」というのはロシアンマフィアを意味するロシア語ですよね？』

マフィア・ブラトヴァという言葉に覚えが無かった八代家当主の八代雷蔵が訊ねる。同じ疑問を懐いているのは、モニターに映る表情で分かる限りでも彼一人ではなかった。

元と真夜の間で『四葉殿？』『お任せします』という遣り取りが為された。

『マフィア・ブラトヴァというのは――』

その遣り取りはどちらが答えるのかを決めるものだったようで、そのすぐ後に元が説明を始めた。

『――ロシアンマフィアとシシリアンマフィアの連合体です。三合会と並んで、現代における最大の国際犯罪組織と申せましょう』

『世界最大の犯罪結社？』

『そのような連中が国内に？』

六塚家当主・六塚温子が憤慨の声を上げ、八代雷蔵が落ち着いた口調に非難の声音を混ぜて続いた。

『公安の混乱に付け込まれたのでしょうね……』

七草家当主の七草弘一がため息交じりに推測を述べた。

「その犯罪組織が当家のアリサを狙っているのですか？」

十文字家当主の十文字克人は他家当主の一般的な懸念には同調せず、最初の話題に戻った。

『暗殺者の標的は家の達也ですわ』

小さなどよめきが回線を行き交った。その中では、驚きと納得が共存していた。

「そうでしたか。達也殿でしたら不覚を取ることも無いと思いますが、何事も無いことをお祈りします」

『ありがとうございます。しかし達也にお心を割いていただく前に、アリサさんを気遣われるべきだと思いますわよ』

真夜が意味ありげに口角を上げ、克人の眼光が鋭さを増した。

『彼らは貴家のアリサさんを仲間に引き込もうと画策しているようですので。アリサさんが犯罪組織になびくとは思いませんけど、そうなるとああいう輩はすぐに短絡しますから』

「ご忠告、ありがとうございます」

克人は真夜が言わんとするところをすぐに理解した。

結果だけを言えば達也のとばっちりでアリサが命を狙われるということだが、克人は責任の所在を間違えなかった。

◇◇◇

真夜から警告を受け取って、克人が取った第一手は。

「——私がマフィアに⁉」

本人に包み隠さず打ち明けることだった。

「俺はしばらく、アリサの側から離れないことにします」

この場には勇人も同席していた。克人が同席するよう指示したのだ。

「そうしてくれるか」

克人はまず、勇人にそう応えた。

「アリサ。しばらくの間、勇人と一緒に登下校してくれ」

「はい」

アリサは克人の指示にすぐ頷いた。だがその顔は、完全に納得している表情ではなかった。

「窮屈かもしれないが、我慢してくれ」

その表情を読み取った勇人が、きつくなりすぎないよう気をつけた口調でアリサに説得の言葉を掛ける。

「窮屈だなんて、そんな……」

「無理はしなくて良い。遠上さんと二人で登下校する方が気軽ということは分かっているし、当然だと思う。ただ、克人兄さんが言っていることは誇張でも脅しでもない。今回のことだけじゃなく、今までにもアリサが狙われる可能性はあった」

言葉に込められた勇人の熱に、アリサは圧倒されていた。反論どころか、質問も挿めない状態だった。

「十師族の一員というのは良いことばかりじゃないんだ。世の中には魔法師を憎む者も魔法師をただの道具として利用しようとする者もいる。十師族はその両方から狙われる立場にある。身近なところでは、三矢先輩には矢車先輩以外にも護衛が付いているし去年卒業した七草先輩たちにも登下校の護衛は付いていた」

――だったら勇人さんは？

アリサはそう思ったが、勇人の説得はまだ終わっていなかった。

「これまではアリサの意思を尊重して、目に見える範囲に護衛は付けていなかった。だがこれからは仕方が無いと諦めて欲しい」

――どうやら自分は、知らないうちに護衛の人に監視されていたらしい。

アリサはそう思ったが、そのことに文句を付けるつもりはなかった。

「あの、密着ボディガードとかじゃなかったら、別に嫌がりませんよ？」

「……そうなのか？」

「はい。女性の方が狙われやすいのは理解していますし。不思議ですけど」

「不思議って、何が？」

「魔法師としての実力に、性別による差は無いじゃないですか。肉体を使うことを前提にルールが決められている競技だったら男性の方が有利ですけど、何をやっても良いんだったら近接戦闘でも男性の方が強いとは限りません。大抵は、魔法技能の高い方が勝ちます。女性の方が攫（さら）い易（やす）いとは限りません」

「それは……そうだな」

今度は勇人（ゆうと）が「納得いかない」という顔で頷（うなず）く番だった。

「それに魔法師の遺伝子が欲しいのであれば、男性を狙う方が効率が良いです。人工授精、人工子宮を使うなら条件はほとんど同じですけど、そういった施設を使わないのであれば女性は年に一回しか子孫を残せません。でも男性には、そんな制限はありませんから。何なら毎日でも種をまくことができます」

「種をまく」が何のことか、無論勇人（ゆうと）にも理解できた。

「ま、毎日って……」

理解した上で、行為を想像したのか勇人は動揺していた。

むしろアリサの方が平然としている。勇人の方が純情なのか、アリサの方が純粋なのか。

「成程、一理ある」

一つ確実なのは、克人はそんなものを超越しているということだ。

「明日から勇人にも護衛を付けるとしよう」

「人員の無駄です。俺には必要ありませんよ」

「すぐに使える部下が近くに控えていると考えれば良い」

反論は無駄だ。克人は態度でそう語っていた。

◇　◇　◇

十文字邸には小さな離れがある。アリサを引き取った三年前に建てた物で、一棟丸ごと彼女の私室だ。自分の部屋に戻ったアリサは「電話して良い？」と茉莉花にメッセージを送った。

答えは着信音で返ってきた。茉莉花の方から電話が掛かってきたのだ。

『アーシャ、どうしたの？　いつもより早いけど、何か大事なお話？』

二人は寝る前に電話でお喋りするのが日課だ。いつもより早い時間に、態々「電話して良い？」と訊ねられれば、何か大事な用があると考えるのは当然かもしれない。

「大したことじゃないけど、忘れないように伝えとかないとって思って」

『うん、何？』

「明日から学校の行き帰りは勇人さんが一緒だから」

『えっ、何で？』

ヴィジホンの画面に映る茉莉花が目を丸くしている。

隠すようなことは何も無い。アリサは克人から告げられた話を丁寧に説明した。

『……そういうことなら仕方無いね』

予想に反して、茉莉花は聞き分けが良かった。アリサは拍子抜けを覚えた。

『アーシャ……、どうしたの？』

それが表情に出ていたのだろう。画面の中で茉莉花は訝しげに小首を傾げた。

「えっ、何でもないよ」

『何でもないって顔じゃなかったけど……』

咄嗟に誤魔化そうとしたアリサだが、心の備えができていなかったので上手くいかなかった。

「……もっと嫌がるかと思ってたから」

仕方無く正直に答える。

『それは、嫌だよ』

「そうなの……？」

アリサの逡巡とは対照的に、茉莉花の答えはあっけらかんとしたもの。

本気で嫌なのかどうかアリサでなくても訊き返したくなったに違いない。

『アーシャとの朝デート、放課後デートの邪魔なんて、できればして欲しくないよ』

「一緒に登校と下校しているだけだよ。デートじゃないよね」

『十文字先輩も、本当は気が進まないんじゃないかなぁ。百合の間に挟まる男は死刑だって言うし』

「ユ、百合って、私たちはそんなのじゃないでしょ！　私たち、親友だよね!?」

『十文字先輩はそれを我慢して引き受けてくれたんだから、あたしも我慢するよ』

「ねえ！　スルーしないで！　私たち、百合じゃなくて親友だよね！」

泣きそうな声で、アリサは叫んだ。

『やだなぁ、当然じゃない。アーシャとあたしは親友だよ』

茉莉花は対照的に涼しい顔だ。

「ミーナぁ……」

アリサの喉から迫力に満ちた重低音が絞り出された。

『と、とにかく先輩が護衛に付く件は了解。また明日ね、おやすみ』

「ミーナ、待ちなさい！　ミーナ！」

アリサの剣幕を恐れて——恐れたように、ではなく——茉莉花はぷっつりと電話を切った。

◇◇◇

翌日から早速、アリサたちの登下校に勇人が同行した。

しかし茉莉花は勇人を無視して、何時もと変わらずアリサにじゃれつき、アリサは勇人の目を気にしながらも茉莉花と戯れた。茉莉花の予想どおり勇人は居心地悪そうだったが、彼は文句を言わずにそれに耐えていた。

その状態が一週間続いた。その間、四葉家からの警告にも拘わらずアリサの身辺に不審な人物が出没することはなかった。

少なくとも表面上、勇人を含めてアリサたちが気付いた範囲では。

しかし、実際には。

その裏では。

勇人がアリサの護衛に付く十日以上前から、アリサを誘惑し誘拐しようとロシア人犯罪者一味は魔の手を伸ばしていた。

ただ、その手がアリサまで届いていなかっただけだ。

アリサは基本的に、真っ直ぐ帰宅するか茉莉花のマンションに寄るかの二択。茉莉花のマンションと十文字邸は目と鼻の先で、十文字家のテリトリー。犯罪者が暗躍するのは難しい。

ただアリサも偶には、茉莉花のマンションにお邪魔する以外の寄り道をする。マフィア・ブラトヴァのエージェントはその機会を逃さずにアリサを捕まえようとした。だがそれを阻む者たちがいたのだ。

それは、十文字家の味方ではない。アリサを守る者たちではない。

それは司波達也暗殺を企む無謀で愚かな殺し屋を、逆に狩り立てる者たちだった。

アリサを遠巻きに見詰める若者たち。ストーカーではない。アリサを捕らえて利用しようと企むマフィア・ブラトヴァの手先だ。ロシアから密入国した本国のメンバーではなく、今のこの国を受け容れられずに――この国に受け容れられず、ではなく――社会秩序の転覆を希求していた潜在的テロリストを仲間に取り込んだものだった。

彼らはアリサに向けて放たれた最初のスカウトではない。マフィア・ブラトヴァから差し向けられたスカウトのチーム数は二桁に届こうとしている。もっとも、今ここにいる彼らは「数打ちゃ当たればラッキー」扱いされているとは知らない。十師族というこの国の秩序を支える大物の一員を拉致するという仕事に彼らは興奮を覚えていた。

アリサたちが今いるのは一高と駅をつなぐ通学路だ。彼女は茉莉花と勇人、ではなく茉莉花及び明と一緒に買い出し中だった。

「これで全部だっけ？」

「ンーっと……もう一つだね」

明の確認にアリサが携帯端末を見ながら答えた。

「じゃあ買い物はあと一ヶ所で終わり？」

茉莉花の質問に明は「ええ」と頷いた。

「堀越先輩のお遣いはそれで完了よ」

そして、こう付け加えた。

ちなみに「堀越先輩」というのは今年の研究発表で一高の代表を務める三年生の堀越愛茉のことだ。愛茉は今年の九校戦でエンジニアを務めて、ミラージ・バットでは茉莉花もお世話になっている。その縁もあって、愛茉が研究発表に使う部品の買い出しに部活が休みで風紀委員会も当番でなかった茉莉花が加わっているのだった。

アリサが外国の犯罪組織に狙われているという話は、アリサ本人も茉莉花も忘れていない。だが自分が狙われているという実感が無いアリサは、本気で警戒していなかった。彼女にしてみればまず、「司波達也を暗殺する道具として自分を利用する」というプランに現実味が感じられない。そんなことを真剣に考えている人間がいるとは思えなかった。

それは茉莉花も同じで、一応はアリサの身辺を警戒していたものの、真剣味は欠けていた。十文字家が作り話をしているとまでは思っていない。だが四葉家の名前に目が眩んでお粗末な嘘を信じ込ませられているのでは、くらいには考えていた。

彼女たちは在学中にテロや戦争に巻き込まれた先輩たちとは違って、今のところそういう大きな事件に遭遇した経験が無い。その種の災難は何時でも起こりうると知識では分かっていても実感は持てずにいた。

学校の近くという油断もあっただろう。アリサと茉莉花がそんな調子だったから、明が自分たちを窺い見る視線に気付かなくても仕方が無かった。結果的にアリサも茉莉花も明も、無警戒に等しい状態だった。今ここでアリサを誘拐するのは、難しくなさそうに見えた。その後、協力させられるかどうかは別にして。

しかし昨日まで上手く行かなかったことが、条件が変わっていないのに今日いきなり成功するはずもなかった。アリサに対する企てが成功しなかったのは、彼女たちが警戒して注意深く思慮深く行動していたから、ではなかった。

一高と駅のちょうど中間辺り。アリサたちが脇道の奥にある店に向かったタイミングで、彼女の拉致を狙うチームが動き出した。

この辺りの道幅はそれほど広くないが、決して狭くもない。拉致一味は二台の小型自走車に分乗し、その内一台を走らせてアリサたちが入った店舗を通り過ぎた所で停車した。もう一台は店の手前で停まった。二台の自走車でアリサたちが買い物をしている店を挟み込む形だ。おそらく、店から出て来たところを奇襲するつもりなのだろう。

しかしさらに二台の自走車がやって来て、拉致一味の自走車それぞれの後ろに停まった。

後から来て停まった自走車から黒服黒眼鏡の、見るからに堅気ではない男たちが降りてくる。自走車が完全に停止したのと一体どちらが早かったか、と思わせる素早さだった。

黒服は有無を言わさず、拉致一味の運転席のドアを開けた。何故か、鍵が掛かっていた様子は無かった。運転手を引きずり出し、一人が代わりに運転席に乗り込む。引きずり出した運転手役の拉致未遂犯は別の黒服が肩に担ぎ上げて自分たちの自走車に運んだ。

それが拉致一味の、二台の車で同時に行われた。黒服が自走車に歩み寄った時点で、中にいた拉致（未遂）犯一味は意識を失っていたようだった。

四台の自走車は何事も無かったかのように、その場から走り去った。

距離を取ってその様子を窺い見ていた早馬は、黒服たちの手際に感心するよりむしろ、呆れていた。

マフィア・ブラトヴァの一味がアリサに付き纏っているのは早馬も把握していた。彼の場合、その目的までは把握していない。だが安西からアリサを手に入れるように命じられている早馬にすれば、アリサをマフィア・ブラトヴァの好きにさせるわけにはいかない。

立場的にも技量的にも十文字家のテリトリーでは手を出せないが、一高の近くならば早馬が手を出す余地はある。勇人が目を離している状況では、自分が介入すべきだと早馬は考えた。

そういうわけで早馬は、アリサたちを見守っていた。彼女たちに見付からないように得意の幻術をフル稼働しながら、学校からずっと尾行していた。決して疚しい気持ちからストーカー行為を働いていたのではない。

そして実際に、怪しい自走車が現れた。早馬の懸念は、杞憂で終わらなかったかに見えた。ただ買い物をしている店舗の前に車を停めただけでは、誘拐を企てていると断定はできない。だから、アリサが襲われたタイミングで助けに入ろうと早馬は決めていた。

アリサに手を出したのが確認できてからでも、救援は十分に間に合うという自信があった。それに相手が犯罪行為に及んでいない今の段階では、警察を呼んで逮捕させることもできない。早馬は非合法の仕事を任せられる手勢を連れていない。合法的に逮捕させた後でなら、安西の権力で身柄を確保することができる……。

しかしそうした計算は、一分間も掛けない短時間でご破算になった。

「法律？　何それ、美味しいの？」と言わんばかりの堂々たる早業で、早馬が目を付けた犯罪者一味は連れ去られた。

一体あの黒服黒眼鏡集団は何者だったのだろうか。ただ者ではないという点だけは確かだ。今になって気付いたが、彼らが登場してから去るまでの間、人の意識を逸らす幻術が使われていた。幻術を得意とする早馬が舌を巻く程の、高度に技巧的な術だった。早馬は胸の裡に興味、警戒心と共に、同じ幻術使いとしての強い対抗心を懐いていた。

◇◇◇

「……それはおそらく、『黒羽家』の家人たちでしょう」

その夜。早馬の部屋に来た鈴里は、彼の話を聞いてそう述べた。彼女は早馬が呼んだのではない。彼の方からはメールも送っていないのに「今日起こったことを聞かせてください」と訪ねてきたのだ。

早馬が部屋にいるのが分かっていたようなタイミングの訪問については、今更不信感を懐かなかった。鈴里は安西の側近。まだ三十代の女性だが、そんな年齢・性別に関係なく彼女がただ者ではないということくらい、今更問題にするまでもなかった。

「黒羽家というと、あの四葉の？」

早馬も噂レベルなら、黒羽家のことを知っていた。

「触れてはならない者たち」四葉家の「さらなる闇」。その実態は夜よりも深い闇に包まれていたが今年の春、その一端が暴かれた。いや、厳密には自ら正体を明かしたと言うべきだろうか。今年第四高校を卒業した姉弟が黒羽家の直系だという噂が魔法界に流れた。四葉家の当主はその噂を否定も肯定もしなかった。『黒羽文弥』『黒羽亜夜子』という名を持つその二人は九校戦の活躍により、魔法界では有名な姉弟だった。

「おそらく、間違いないでしょう」

「意外です。あの『黒羽』が、あんなに目立つ格好で活動していたとは……」

その素顔の重要な一部を見せたとはいえ、諜報組織・殺し屋集団としての姿は裏の世界の住民にもほとんど知られていない黒羽家の実行部隊が、黒服黒眼鏡などという如何にもな格好で仕事をしていたというのは、早馬には意外すぎることだった。

「お芝居じみていて現実味が無いという効果を狙っているのかもしれません」

鈴里の淡々とした応答に、早馬は思わず苦笑した。確かにあの格好を見てもドラマの撮影を真っ先に疑いそうだし、人伝に聞いても都市伝説の類かと本気にできないかもしれない。

「それに、目に付いても見られない自信があるのでしょう」

しかし付け加えられた意見には、もう笑っていられなかった。

目には映っていても意識がそれを認めない。五感からもたらされる情報を認識させない。

諜報の世界では珍しい魔法ではない。早馬もその種の精神干渉系魔法を得意としている。

しかし組織全体が末端に至るまで、一切の痕跡を残さないレベルで使いこなしているとなれば、脅威を覚えずにはいられない。早馬は黒羽家が、その背後に控える四葉家があれ程までに恐れられている理由を改めて実感した。

◇◇◇

アリサは自分に迫る魔手に全く気付いていなかったと、早馬は考えていた。事件の発生前に介入した黒羽家の黒服たちも同じような見方だったに違いない。

だがその認識は、アリサや茉莉花のことを見くびりすぎていた。

「今日のお遣いの、最後のお店にいた時のことなんだけど……」

『ああ、うん。何か、変な感じがしたね』

日課となった就寝前の、ヴィジホンで顔を見ながらのお喋り。当たり障りのない話題を三つほど済ませた後にアリサが躊躇いながら持ち出した疑惑を、茉莉花は聞き終える前に認めた。

「ミーナも気付いていたんだ」

『魔法の気配のことだよね？　あたしには何の魔法か分からなかったけど、アーシャには見当が付いたんじゃない？』

「どの魔法なのかまでは特定できないけど、認識阻害の精神干渉系魔法だったと思う」

十文字家と言えば強力無比な対物理障壁魔法が有名だが、その魔法障壁は魔法自体を無効化することにも長けている。アリサの魔法障壁はそこからさらに一歩進んで、精神干渉系魔法までも防ぐ性能を備えていた。これは十文字家でも、アリサだけに備わった特殊技能だ。

それに伴い精神干渉系魔法を感知する能力もアリサは備えている。精神そのものを捉える知覚力ではなく精神に働き掛ける魔法を認識する感覚だが、このケースではそれで十分だった。

『ここそ隠れる為の魔法だね。十文字先輩が言ってた、アーシャを狙ってるって奴らかな？』

「私も最初はそう考えたけど……」

『違うと思うんだ』

茉莉花の問い掛けに、アリサはコクンと頷いた。

「私を利用しようとしている人たちが本当にいるのなら、何もせずに魔法を止めたのは変な気がするの」

『魔法の不法使用を見付かっちゃったんじゃない？』

「そんな慌てた感じは無かったよ。一仕事終えて撤収したという感じの、きれいな魔法の終え方だった」

『そっか。ウーン……』

茉莉花がモニターの中で考え込む。

『アーシャを助けてくれる第三勢力がいるのかも』

そして、正解にかなり近付いた。

「警察とか？」

『警察がマフィアを捕まえたんだったら、逮捕した後まで姿を隠していたはずはないよ。同じ理屈で、十文字家の人たちでもなさそう』

「……何それ。怖い」

アリサがブルッと身体を震わせた。

『アーシャ、怖がらなくても良いって。あたしたちが推理したとおりなら、アーシャの味方だから』

「味方でも、何処の誰だか分からないのは……」

『あはっ、そうだね。ちょっと気持ち悪いかも』

アリサは「気味が悪い」と思っただけで「気持ちが悪い」とは思わなかった。

だが茉莉花の感想に、反論せずに頷いた。

## 【5】幕間──噂の真相──

黒羽亜夜子は一高のすぐ側で捕らえたマフィア・ブラトヴァ一味の訊問結果が記された報告書を自宅のリビングで読んでいた。なおここは豊橋の実家ではなく、黒羽家が調布に持っているマンションだ。

そこへ双子の弟が帰宅した。「ただいま」という声の後、少し時間を置いて手を洗い化粧を落とした文弥がリビングに入ってくる。素っぴんの彼は性別不詳の美女ではなく年齢不詳の美少年だった。

「文弥、お帰りなさい」

「ただいま、姉さん」

亜夜子にもう一度「ただいま」を告げて、文弥は眉を顰めた。

「また、そんな格好で……風邪を引いても知らないよ」

十月も半ば。そろそろ朝晩は肌寒さを感じる気候であるにも拘わらず、亜夜子はバスローブを着ただけの姿だった。

「大丈夫よ、ちゃんと窓は閉めているから。それとも、目の毒？」

亜夜子は、揶揄う笑みを弟に向ける。

「もう見慣れたよ」

文弥は白けた声と冷たい表情で応酬した。

亜夜子が「フウッ……」とため息を吐く。その裏から副音声で「可愛くないわね」という非難が聞こえてきたが、文弥は眉一筋動かさなかった。

亜夜子が席を立ち「着替えてくるわ」と言いながらリビングから出て行った。

文弥は苦笑いしながら彼女が残していった電子ペーパーの端末を手に取った。

リビングに戻ってきた亜夜子はフリルが付いたナイトガウン姿だった。丈はちゃんと膝下まで隠れる長さで、その下には透け感が無いネグリジェの裾が見えている。どうやら文弥を揶揄うのは諦めたようだ。——今夜だけのことかもしれないが。

「何か、書かれていない情報があった？」

報告書を読んでいた文弥に亜夜子が訊ねる。捕獲を指揮したのは文弥なので、報告書を読むまでもなく訊問結果は知っているはずだ。亜夜子は文弥が、報告書が必要な情報を網羅しているかどうかチェックをしていると考えたのだった。

「訊問には最後まで立ち会わなかったからね」

しかし文弥は端末を亜夜子に返しながらそう答えた。

「あら、どうして？」

亜夜子が本気で首を傾げる。

「何か急な指令でも入ったの？」

「奈良で使う影武者の件で、本家の花菱さんと打ち合わせをしてきた」

文弥の答えに、亜夜子はますます訝しげな顔になった。

「まだ決めていないことってあったかしら……？」

亜夜子が本気で首を傾げる。

「想定していたより敵が焦っているみたいなんだ。日本政府との全面対決も辞さない覚悟で、大規模テロを仕掛けてくる可能性が出てきた」

「大規模テロって、具体的には？」

「超小型戦術核による自爆テロだってさ」

文弥は「やれやれ」という描き文字が背景に見えそうな仕草で肩を竦めながら答えた。

「……一体どうやって？　幾ら何でも核爆弾の持ち込みを許す程、政府は無能じゃないと信じたいのだけど」

「ところが残念ながら、似たようなレベルで無能だったらしいよ。閉鎖された人形峠の鉱床からウランが盗まれていることが分かった。推定で、約三キログラムのウラン２３５を精製可能なウラン鉱石が持ち去られたらしい。上手く取り出せればＴＮＴ換算で一キロトンくらいの核爆弾は作れるかな。そんなに上手くはいかないと思うけど、達也兄さん一人を暗殺するには大袈裟すぎる威力だよね」

文弥は劇の台本を読み上げるような口調でそう言った後、絶句する亜夜子の前で「実際に達也兄さんを暗殺する為には、それでも足りないだろうけど」と呟いた。

「――どうするの、文弥⁉　日本全土に［核分裂阻止フィールド］なんて展開できないわよ！」

亜夜子が悲鳴交じりに叫ぶ。［核分裂阻止フィールド］は核物質が中性子の照射を受けても分裂しないよう、原子核の結合エネルギーを増幅する魔法。核分裂爆弾の起爆プロセスを阻止できなかった場合の、核爆発を阻止する為の最終手段だ。

魔法発見の切っ掛けになったアメリカ（当時ＵＳＡ）の「最初の魔法師」が核爆弾テロを阻止する際に使ったのがこの魔法だ。しかしこれは、魔法師に大きな負荷を掛ける。あの「最初の魔法師」は［核分裂阻止フィールド］に特化した一種のサイキックだったが、たった一度の発動で寿命を縮め、若くして命を落とした。

亜夜子も言ったように、何時何処で使用されるか分からない核爆弾に備えて国土を全て［核分裂阻止フィールド］で覆うことは事実上不可能だ。このように核の使用阻止が困難だからこそ、国際魔法協会は核兵器使用の容疑だけで、事前に核兵器の使用を封じる為の強制介入を行うのであり、各国政府もそれを容認している。

「国内のウラン資源管理を怠るなんて、世界中から非難を浴びても当然の大失態だよ。幸い国外には持ち出されていないみたいだけど」

「そんなことが何故分かるの⁉」

「達也兄さんに『視』てもらった」

ヒュッと音を立てて亜夜子が息を呑んだ。

「手掛かりが少なすぎて達也兄さんにも正確な所在は分からなかったけど、同じ鉱脈から掘り出されたウランが流通していないことが幸いして、大雑把な場所は特定できている。さすがだよね……」

感嘆を一つ挟んで、文弥は説明を続けた。

「旧大阪府東大阪市から旧三重県伊賀市、旧京都府京田辺市から旧奈良県天理市。この各都市に囲まれた範囲内に盗まれたウランはある。達也兄さんによれば、鉱石はもう精製されてしまっているみたいだけど、どの程度のウラン235を取り出せたのかは分からないって」

「じゃあ、もう何時でも爆発させられるということなの？」

「いや、爆弾を作るのに必要な量を得られなかった可能性もある。そもそも三キログラムというのは超小型核爆弾としても結構ギリギリだからね。それに起爆プロセスに入れば、達也兄さんは座標を特定できるらしい。その時は核爆弾を爆発前に『分解』してくれるそうだ」

「……そんなに長時間お力を使い続けて……幾ら達也さんでも、大丈夫なの……」

亜夜子が血の気の引いた顔で文弥に問い掛ける。

「僕も止めたんだけど、他の誰かに任せるより自分がやるのが確実だから、って。本当に、ありがたいよね。僕は無力な自分が情けないよ……」

文弥は両手をギュッと握り締めて俯いた。ギリッと歯が軋む音が文弥の口の辺りから漏れる。

「文弥――！」

亜夜子が悲痛な声で文弥の名を呼んだ。そこで口をつぐんでしまったのは、彼女にも次に掛ける言葉が見付からなかったからだった。

「……達也兄さんにばかりご負担をお掛けするわけにはいかないから、作戦を変更することにしたんだ」

巧みな言葉は無くても、亜夜子の悲痛な声は、文弥を自責自虐の泥沼から救い出した。

「今までは徹底的な狩りでマフィア・ブラトヴァ一味の動きを封じる方針だったけど、それは中止して、あいつらを九校フェスの会場に誘い出す。影武者の彼には、達也兄さんに成り切って、殺し屋の的になってもらう」

「……そうね。仕方が無いと思うわ」

影武者を、敢えて殺し屋に狙わせる。影武者が達也の代わりに暗殺されてしまうリスクは、元々の作戦より格段に高まることになるが、文弥も亜夜子も、それは仕方が無いと判断した。

「影武者を務める彼には、何の罪も無いけれど……」

文弥が哀れみを伴う声で、呟くように言う。

「深雪さんを、延いては達也さんのお心を悩ませた方の身内ですもの。その程度のリスクは、罪滅ぼしの肩代わりとして妥当な範囲内でしょう……」

　亜夜子もそれに同調して、双子の弟を慰めた。

　九校フェスを舞台とする今回の作戦で達也の影武者を務める者の名は古葉敦也。

　二十六歳の彼は、魔法大学で達也が出入りしているゼミのポストドクターで、来春立ち上げ予定の恒星炉事業会社への入社が内定している。

　そして司波達也と彼の元妹で現在の婚約者である司波深雪の実父・司波龍郎の後妻・司波小百合、旧姓・古葉小百合の比較的に近い親戚だった。

　小百合は深雪たちの実母・深夜が存命中から龍郎と愛人関係にあり、深夜の死後わずか半年で後妻の座に納まった。それが決定打となって、深雪と龍郎の関係は決定的に冷え込んだ。

　この経緯を知っている四葉一族は例外なく深雪に同情的で、龍郎には軽蔑を、小百合には侮蔑を懐いていた。

　古葉敦也はそのとばっちりを受けている格好だが、敦也はそれを潔く受け容れていた。その潔さは決して正しいものではなかったが、敦也自身がそれを「必要な罪滅ぼし」と感じていたのだった。

　その具体的な罪滅ぼしが達也の影武者役だ。本当に偶然だが、敦也は体形が骨格から達也に良く似ていた。しかも声まで、婚約者の深雪でなければ聞き分けられない程そっくりだ。

　顔は特殊メイクで幾らでも似せられるが、身長や手足の長さ、バランスはそうもいかない。

靴で誤魔化そうとしても現代の画像認識システムを使えば比較的簡単に見分けが付く。

演劇の世界でも、体形が近いというのは現代において代役(アンダースタディ)の必須条件となっている。敦也はこの点をクリアしているのに加えて、大学のゼミの先輩ということで専門的な魔法理論を語らせることもできる。

達也の影武者役には、それだけでは足りない。体形と知識、さらには暗殺のリスクを受け容れる自己犠牲の精神が必要だ。敦也はその全ての条件を備えている。

今回は九校フェスの研究発表の場を借りて、実際に達也の代わりが務まるかどうか、魔法関係者を騙せるかどうかのテストをするだけの計画だった。

しかし思いがけなく、本番を務めることになった。敦也はまだそれを知らないが、彼は間違いなく断らない。敦也は精神面でも、達也の代役に相応しい歪みを抱えている人間だった。

## 【6】九校フェス開幕

十月二十二日、木曜日。明日から三日間、九校フェスが開催される。九校フェスは原則として魔法科高校生ならば全員が参加可能だ。一高から九高まで、明日と明後日は特別に授業は休み、今日は午後を準備に当てる為、授業は午前中のみとなっている。こういうところも普通科高校などで行われている文化祭と同じだった。

普通の文化祭と違うのは、校内ではなく遠方で行われるところか。この点についても、生徒に対する配慮が為されている。各学校から会場までの旅費は、全額支給されるのだ。

交通費は協賛企業及び有志の寄付金で賄われる。なお二十八家——十師族及びその補欠的な立場である師補十八家がこの「有志」の中心メンバーになっているのは公然の秘密だった。

宿泊費は、学校で纏めて予約した分については魔法大学と魔法協会が半額ずつ負担する。このように、遠方で開催されることで生徒に金銭的な負担は生じない仕組みになっていた。

「では、私は展示の準備がありますので」

いつもの女子五人——アリサ、茉莉花、明、小陽、日和——で一緒に取っていたランチを済ませ、食堂の椅子から立ち上がった小陽が、他の三人に先行する挨拶を告げた。

「日和は小陽と一緒に行くんだよね？」

「うん。展示のお手伝い」

茉莉花が口にした確認の質問に、日和が端的に答えながら頷いた。小陽の言う展示はバイク部とロボ研による自動走行バイクのデモンストレーションだ。一高の展示の中でも大規模なもので、両クラブの部外者でサポート参加している生徒は日和以外にも結構いた。

ただ、そういうサポート要員は一つの展示に掛かり切りになっているのではなかった。二ヶ所、三ヶ所の展示を掛け持ちしたり、自分はステージの出場枠を持っていて展示の方も手伝っているというケースばかりだ。日和も小陽の展示以外にもう一つ、演芸ステージの小道具作りを手伝っている。

このように九校フェスは、生徒全員が力を合わせて盛り上がるイベントになっていた。

小陽の実家が経営に関わっている『トウホウ技産』が提供した大型輸送車に展示物を積み込み、小陽と日和はその車に同乗して奈良へ出発した。

アリサは明と一緒に、堀越愛茉の研究発表のリハーサルを手伝うことになっている。

「ミーナも来る？」

一人だけ予定が無かった茉莉花をアリサが誘った。

「良いの？」

「構わないと思うよ。ねっ、明？」

アリサに話を振られて、明は「そうね」と頷いた。

愛茉は茉莉花の見学を二つ返事で歓迎した。

「茉莉花ちゃん。ついでにテスターをやってくれない？」

それだけでなく、いきなりそんな依頼を受けた。

「テスターって、えっと、実験台になれということですか？」

「実験台なんて人聞きが悪い。あたしが作ったゲームシステムを試して欲しいだけだよ。もう安全性は確認されているから、間違っても実験台じゃないよ」

「堀越先輩、研究発表にゲームを作ったんですか？」

「そう。魔法技術を使った全感覚型ＶＲゲームシステム。運動神経が発達した人に試してみて欲しかったんだ」

愛茉は三年生。茉莉花にとっては二年も先輩なのだが、まるで年の差を感じさせない気安い口調、気安い態度。

九校戦の時からそうだったが、愛茉の特徴は自分が気安い態度を取るところではなく相手を気安くさせるところだ。上下関係を重視する体育会系の茉莉花ですら、何時の間にか相手が先輩ということを忘れさせられてしまう。

堀越愛茉は優秀な頭脳を誇る一方で、そんな特技を持つ女子だった。

「堀越先輩の研究発表はゲームがテーマなんですか？」

今日も茉莉花は、段々遠慮を忘れてきていた。

「茉莉花ちゃん、フィクションのようなＶＲゲームを実現する上でネックになっているのは何か、知ってる？」

「嗅覚と運動実感じゃないですか？　視覚、聴覚、触覚はほぼ完全に再現できていると聞いたことがあります」

「うん、そうだね。運動実感、自分の身体が動いているという感覚は要するに、重力と加速度の抵抗を感じ取ることで生じるものだ。視覚的、触角的に加速度を錯覚させることはできるけど、それはあくまでも錯覚の域を超えないんだよね」

「それを魔法で解決するんですね？」

質問の形を取った茉莉花の相槌に、愛茉は「そういうこと」と得意げな、少年的な笑みを返した。

「理屈を長々と並べても退屈だろうから、とにかく体験してみて」

愛茉がそういうのを待っていたようなタイミングで、アリサが「ミーナ。はい、これ」と言いながらＶＲゴーグルを差し出した。軽量薄型、無線接続の最新型ＶＲゴーグルだ。

「このステージの上でそれを着けてくれる？」

愛茉が指し示したのは高く細い金属の縦棒に囲まれた円形のステージ。棒と棒の間隔は広く、閉じ込められる感覚は無い。棒の内側にはセンサーが密に取り付けられている。

またステージは両手を広げてても十分な余裕があり、実際に上ってみても窮屈な感じも全くしなかった。

茉莉花は指示されたとおり、ステージの上でＶＲゴーグルを着けた。視界が闇に包まれる。

闇は数秒で晴れ、目の前に草原が広がった。緩やかな起伏が見えるから、「草原」ではなく「緑の丘」と表現する方が適切かもしれない。

「どう？　視界に不自然なところはない？」

愛茉の声が背後から聞こえてきた。振り返るとそこには彼女が立っていた。

「不自然な感じは全くしません」

「そう、良かった」

会話する声も自然で、耳を覆うスピーカーから聞こえているような感じはしなかった。

「映像と音声は市販のソフトを使っているから妙なバグは無いと思うんだけど、ＶＲ慣れしている人は細かな差異に気付いちゃうんだよね。既製品のままだから仕方無いところなんだけど」

「やれやれ」と言いたげに両手を広げて肩を竦める愛茉。その姿も現実の彼女そのままだった。彼女は実際に、こういう仕草を頻繁に見せる。

「大丈夫です。あたしには全く分かりません」

茉莉花は本当に、今のところ違和感を覚えていなかった。多分、感覚を試合中並みに研ぎ澄ませば細かな違いを見付けられるだろう。しかし今そこまで警戒する必要は覚えなかった。

「次に何をすれば良いですか」

それよりも茉莉花は、このテストに好奇心を高めていた。彼女はＶＲソフトに余り馴染みが無い。先ほど茉莉花自身が言ったようにＶＲソフトには運動実感が欠けている為、身体を動かすのが好きな彼女にはＶＲコンテンツが物足りなく感じられるのだった。

「自由に歩いてみて。走っても良いよ」

言われたとおり、茉莉花は足を踏み出した。余裕があるとは言ったが、ステージの直径は二メートル半程度しかない。三歩も歩けば確実にステージから落ちる。大した高さではないとはいえ無視できない段差があるのだが、茉莉花は恐れ気もなく歩みを進めた。

「あ、あれっ？」

そして三歩進んだところで、茉莉花の口から間が抜けた声が漏れる。彼女の感覚では、足はしっかり地面を踏んでいる。草の上を歩いているにしては硬い感触だが、足場の感触がしっかりあった。

段差の感覚は無い。足を踏み外した感じが全くしないし、落下感も無い。

止まっていた歩みを再開すると、目に映る緩やかな勾配どおりに登っていく感覚がある。

「……あの、これって一体どういう仕組みなんですか？」

好奇心を抑え切れなくなった茉莉花が振り返ってタネ明かしを求めた。

「じゃあ、ゴーグルを取って良いわよ」

距離が離れて少し小さくなった愛茉がニヤッと笑って応える。

茉莉花は即、ゴーグルを外した。

「えっ？　浮いてる？」

そして自分がステージの上ではなく、空中に浮いているのを目にした。茉莉花の体感覚では、足は硬い地面を踏んでいる。両足で地面の上に立っている。仮想現実の世界では違和感を覚えなかったのと逆に、現実の視覚情報と体感情報の食い違いで気持ちが悪くなりそうだった。

「今、重力制御を切るね」

愛茉がそう言った直後、茉莉花の身体はステージにそっと着地した。

感覚の不整合が消える。何時もの現実感が戻ってきた。

「……重力制御魔法と慣性制御魔法で、地面に立っている感覚を再現したんですか？」

「そういうこと。ついでに気流も操作して身体が移動している感覚を補強していたんだよ」

茉莉花が「ほぇ～」と目を丸くした。

「空中に浮くことで、現実の視界を失った状態で動き回るリスクを消している。走ったりターンしたりの感覚も、それに応じた加速ベクトルの慣性抵抗を肉体に与えることで再現している。今は陸上の運動パターンにしか対応していないけど、バージョンアップで空中や水中の仮想現実も可能になるよ。鳥のように飛んだり魚のように泳いだりする気分を味わえるんだ」

「それは楽しそうですね！」

「VRシステムだけでは作動しない、魔法師がいないと機能しないアトラクションだけどね。逆に言えば魔法師がいれば、一般人にも自由に空を飛んだり水中を泳いだりする体験が気軽にできるようになるよ」

「堀越先輩って、エンタメ志向だったんですね」

「魔法には、もっと夢があって良いと思うんだ」

茉莉花の質問に、愛茉は目をキラキラさせながら答えた。

◇　◇　◇

アリサは茉莉花と明を研究発表の準備に残して、生徒会室に移動した。生徒会の方にも九校フェスの最終準備として、今日やらなければならない仕事がある。

なお同じ生徒会の明が研究発表の方に残っているのは、彼女が元々今回の発表のアシスタントに選ばれていたからだ。愛茉の全感覚VR魔法システムには五十里家の刻印魔法も使われている。

「アリサ、宿泊予定に変更は？」

「今のところキャンセルも追加宿泊希望もありません」

「水戸、業者への未払いは無いな？」

「ちょい待ち……よし、照合完了。漏れは無し」

勇人のチェックに、アリサと会計の水戸一二三が端末からデータを引き出して答えを返す。

この形で九校フェスに関わる生徒会タスクの最終確認作業を進めていた。

「……取り敢えず、終わりだな。一休みしよう」

チェックリストを全て埋めて、勇人が休憩を提案する。何故「取り敢えず」なのかと言えば、この期に及んで無理を言ってくる生徒がいるからだ。

「――水戸君、御代わり！」

こんな風に。

「五十院、生徒会は食堂じゃないぞ」

「追加予算が欲しいなら会長に申請してくれ」

突然生徒会室に飛び込んできた部活連会頭の五十院紀歌に、勇人と一二三が冷たい声を続けて浴びせた。

「十文字君、お願い！　予算ちょうだい！」

もっとも紀歌は、そんなことでめげる性格ではない。彼女は悪びれず堂々と、追加予算を要求した。

「一応、使い道を聞こうか。音楽部か？　部活連か？」

勇人が無表情に訊ねる。

「音楽部。あのね、リードが足りなくなったんだ」

「リード？」

「楽器のパーツだよ」

まだ良く分からないという顔をしている勇人に、アリサが側に来て携帯端末を見せながら小声で説明した。

「……音楽部に必要な備品ということは分かった。だがそういうのは普段から在庫管理しているものじゃないのか？」

「うっかり使い切っちゃったんだよ～」

情けない声で訴えて、紀歌は「お願い！」と勇人に手を合わせた。

「言い訳でしかないけど、部活連の方が忙しくて音楽部の管理が等閑になってたの。特に今回の演し物は練習の段階でリードを大量に消費するのに、何時もの調子で数量管理してたから、あっという間に予算を使い切っちゃって……」

「リードじゃなくて予算を使い切ったのか……」

勇人は呻き声で感想を漏らした。

「勇人。予備費にはまだ余裕があるぜ。この前、寄付をいっぱいもらったからな」

一二三が横から勇人に告げた。この寄付は学校に対するものではなく生徒会の口座に振り込まれたものだ。普通なら認められるはずはないのだが、一高の生徒会は色々と普通ではない。

経緯を言えば、先日九校フェスの資金として某卒業生から大金が寄付された。実はこれ、寄付元がフェスで予想されるトラブルの迷惑料として出したものだが、現役の一高生は誰もそんな裏事情は知らない。

この資金の性格はポケットマネー。お小遣いを部活に使うようなものだ。学校の承認を得る必要は無い。金額的に、厳密に言えば税金関係の処理が必要なのだが、そこは黙認状態だった。と言うか、誰も指摘しなかった。

「必要経費なのは分かったし、斟酌すべき事情があるのも分かった。ただ、もう少し時間的な余裕をだな」

「あー、うん。そこは本当に悪かったと思ってる。ごめんなさい」

紀歌が手を重ねて深々と頭を下げた。ここまで殊勝な態度を取られると、勇人としてはこれ以上、言うことは無かった。

「アリサ、五十院に書類を作ってやってくれ。その後は水戸に任せる」

「分かりました」

アリサが勇人に、承諾の印に頷いた。そして紀歌に「詳細を教えてください」と訊ねた。

◇◇◇

そんな風にギリギリまでドタバタしていたが何とか全ての準備が終わり、十月二十三日、九校フェスの初日を迎えた。

展示組は前日から現地入りしていて、夜は生徒会で手配したホテルに泊まった。アリサはステージ組と一緒に朝から奈良へ向かっているところだ。なお研究発表代表の堀越愛茉と明たちアシスタント役は前日、つまり二日目の夜に現地入りする予定になっている。

茉莉花は展示にもステージにも関わっていないが、アリサに同行してリニア新幹線に乗っている。ステージ組はリニア新幹線を使わず個型電車と都市間列車を使っている生徒もいるので、リニア新幹線が貸切車輌状態にはならなかった。

奈良の会場には何事も無く到着した。アリサ本人よりもむしろ勇人と茉莉花が警戒していたが、途中で犯罪者一味に接触されることもなかった。凶悪事件どころか小さなトラブルにも遭遇しなかった。イベントの度に事件に巻き込まれていた某OBとは大違いだ。日頃の行いが物を言っているのだろうか。

リニア新幹線のスピードと利便性の御蔭でアリサたちが会場に着いたのは、まだ朝と言える時間帯だった。アリサは勇人に付いて、早速一高に割り当てられている展示区画に向かった。

そこには一高の生徒だけでなく他校の生徒も大勢いた。いや、他校の生徒の方が多いくらいだ。その中には九校戦で見た顔もある。知り合った者もいる。

「――緋色さん、お久し振りです」

アリサが挨拶したのは三高の緋色浩美。クラウド・ボールで二度試合をした相手だ。学校同士の対抗戦で対戦し、九校戦でも優勝を争った相手だった。

「十文字さん。ご無沙汰しております」

浩美はアリサが知らない生徒と一緒だった。九校戦で姿を見掛けた時には一緒にいることが多かった一条茜は同行していない。

「十文字さんは生徒会役員なのですね。見回りですか?」

浩美が会ってすぐそう言ったのは、アリサが生徒会役員の腕章を着けているからだ。この九校フェスでは違う学校の生徒同士がお互いに観る側、観られる側として交流する。その時に生まれるのは友好的な交わりだけではない。衝突も起こる。血の気が多い高校生同士、それは可能性ではなく必然だ。

その衝突自体を事前に防止することはおそらく不可能。だがいったん起こった衝突が事件に発展しないよう抑えることはできる。各校の生徒会はこの方針で手を結び、会場を見て回ることにしていた。生徒会役員だけでなく有志もその見回りに加わり、他校の生徒にも分かる目印を着けている。それがアリサや勇人が着けている腕章だ。なお茉莉花も風紀委員として見回り役に選ばれ、腕章を着けていた。

「ええ、そうです。でも、私たちの出番は無い方が良いんですけどね」

「そうですね」

アリサが笑いながら冗談の口調で本音を告げ、浩美も笑顔で相槌を打った。

アリサは浩美と笑顔を交換しながら、彼女の連れがそわそわし出しているのに気付いた。

「では緋色さん。ごゆっくりなさってください」

アリサとしても、フェスを楽しんでいる生徒の邪魔をするのは本意ではない。まだ挨拶しかしていないようなものだが、アリサは浩美との会話を終えることにした。

「十文字さんも、大変かと思いますが頑張ってください」

浩美も友人の様子には気付いていたようで、アリサと呼吸を合わせた。

「ありがとうございます。それでは」

「ええ、失礼します」

浩美は丁寧に挨拶をして、同行者と一緒に離れていく。

アリサも茉莉花と勇人の許に戻った。

「すみません、お待たせしました」

勇人に待たせた謝罪をして、茉莉花には目配せでただ「お待たせ」とだけ伝えた。

「賑わっているねぇ……」

茉莉花が感嘆を漏らしたとおりに、小陽が所属するバイク部とロボ研が共同展示、と言うかデモンストレーションを行っているテントには人が大勢集まっていた。

「でも何か、生徒よりも外部の大人の方が多い感じだね。小陽のお父さんの会社関係かな？」

「違うと思うよ」

続けて茉莉花が口にした穿った見方を、アリサは速攻で否定した。

「大学の若手研究者みたいな人が多い気がする」

「魔法大学の人？」

茉莉花がアリサの言葉に質問を返す。

「一般の大学の人だと思う」

「アリサ、一般の大学という分類は適切じゃないから気を付けた方が良い。……工学系の大学から来ている見学者が多いようだ」

勇人がアリサの答えを補足した。

「工学系の大学研究者が何で？　魔法抜きの技術なら、向こうの方が進んでいると思うけど」

「分からない。中で観てみようか？　勇人さん、良いですか？」

茉莉花に疑問をぶつけられたアリサが、勇人に許可を求める。

勇人は「少しなら」と頷いた。

観覧席は満席に近かった。アリサと茉莉花(まりか)が並びで空いていた最後列の席に座り、勇人(ゆうと)はその横で立ち見をした。

バイク部&ロボ研のデモは、満員御礼(おんれい)が納得できる見応えだった。先々週、部活連会頭の紀(のり)歌(か)に連れられて視察に来た時に、小陽(こはる)は「曲乗りを披露する」と説明した。その言葉は間違いではなかった。誇張でもなかった。

円形劇場を走って回るバイクの上で、男子生徒が（鞍馬(あんば)の）開脚旋回や片手逆立ちや宙返りなどの曲芸を披露する。かと思えば、障碍(しょうがい)物のスロープでジャンプしたバイクから飛び降りて、空中で別のライダーに入れ替わる。

そうした曲芸は確かに高度な技術だが、魔法を使えば茉莉花(まりか)でもできないことはない。——アリサには無理だろうが。しかし本当に見るべきところは、工学系大学の研究者が注目しているのは、バイクの走行に魔法が使われていない点だろう。ロボットバイクは機械的な制御だけでジャンプ台や平均台を正確にクリアしている。ライダーの曲芸により何度も大きな反動を受けているにも拘(かか)わらず。正直に言ってアリサや茉莉花(まりか)にその本当の価値は理解できなかったが、何となく凄(すご)いことをしているんだろうな、とは感じていた。

結局アリサたちが午前中に観賞した展示は、バイク部&ロボ研の共同デモだけだった。

アリサ、茉莉花、勇人の三人は昼食の為に生徒会用のテントに戻った。昼食の弁当は、連絡係としてテントに残っていた一二三が三人の分も取ってきてくれていた。

「ねぇ、これ、面白そう」

一足先に弁当を完食した茉莉花が、お茶を飲みながら眺めていた携帯端末の画面をアリサに見せた。茉莉花が見ていたのは各校の展示・ステージ案内だ。茉莉花が開いたのは、三高のステージ演目の一つだった。

「剣舞……？　あっ、一条さんが出るんだね」

「うん。相方、と言うかメインの舞い手も名前からして一条家の人だよ」

「一条レイラさん……。勇人さん、ご存じですか？」

一条茜と、一条レイラこと劉麗蕾が一緒にいる姿は九校戦で見ている。だがアリサはレイラと言葉を交わしたことが一度あるだけで、自己紹介を含めて誰からも彼女のことを紹介されていない。「多分、彼女だろう」という見当は付いていたものの、その素性については全く知識が無かった。

「一条家が二年前に養女に取った女の子、ということは知っているが、詳しい素性は分からない。噂では……」

そう言いながら、勇人は声を潜めた。

アリサだけでなく茉莉花も、勇人の方に身を乗り出し耳を澄ませた。

「……我が国に亡命した大亜連合の『使徒』、劉麗蕾ではないかと言われている」

「えぇー……それ、本当ですか？」

茉莉花は驚きの声を上げるのではなく、疑わしげに疑問を呈した。

「噂だ。だが一定の信憑性はあると思う」

「……何か裏付けとなる情報があるんですか？」

「あくまでも状況証拠だが、劉麗蕾亡命の噂が出て以降、彼女は表に出てこなくなった。その存在が公表された直後の数ヶ月間は、あれほど盛んに彼女のことを取り上げていた大亜連合の宣伝機関が、亡命の噂が流れた直後から劉麗蕾の名を全く口にしなくなった。その直前に新ソ連との軍事衝突が起こって大亜連合は事実上負けているから、その戦いで戦死したか、あるいは敗戦の責任を押し付けられそうになって亡命したか、そのどちらかだと思う」

「それは十文字先輩の推理ですか？」

なおも疑わしげに訊ねる茉莉花。

「十文字家も含めた、十師族の間で共有されている推測だよ」

答える勇人は、少し向きになっていたかもしれない。

「素性はともかくとして、一条レイラさんは一条家の養女なんですね」

こんなところで口にして良い話ではないと判断したアリサが、そんな風に総括をした。

「勇人さん。このステージを観に行っても良いですか？」

そして話題を、自分が勇人に質問をした時点まで戻した。

「ああ……良いよ。その時間は早馬に見回りを任せよう」

今日はまだ姿を見ていないが、早馬は昨日から風紀委員長としてこの会場に来ているはずだ。

勇人は早馬を呼び出すべく、電話を掛けた。


「おおーっ！」

歓声を上げながら茉莉花が拍手をする。アリサも声こそ出していないが、拍手はお座なりなものではなかった。

彼女たちは一高の野外ステージの前にいた。客席ではなく、その後ろでステージと客席を見渡す位置に立っていた。壇上では紀歌が音楽部を代表して大勢の観客の拍手に応え手を振っている。

アリサたちは音楽部のステージを観に来たのではなく見回りの途中、一際盛り上がっている演し物でトラブルが起こっていないかどうかを確かめに来たのだった。それが、紀歌が率いる音楽部の演奏だったというわけだ。

「いやーっ、凄かったね！」

見回りの途中なので、アリサと茉莉花は一曲でステージを離れた。なお午後から見回りは二人でやっている。勇人は離れたくないようだったが「シスコンも大概にしたら」と早馬に揶揄われて反論できず、会場内なら何かあればすぐに駆け付けられると自分を納得させたのだった。

「魔法で自動生演奏なんて、初めて見たよ」

興奮冷めやらぬ様子で茉莉花が熱く語る。

「良くあんな細かい制御ができるなぁ。あたしには無理。やろうという気も起こらない」

「演奏を再現するんじゃなくて演奏の動作を再現するなんて、確かに凄い技術だったね」

感心する気持ちはアリサも同感だった。音楽部は部員数の三倍の楽器を並べ――音楽部には吹奏楽団を組織できるだけの人数がいない――奏者がいない楽器は指遣いと息遣いを魔法で再現して演奏していたのだ。

キーを押す、息を吹き込むといった動作を一つ一つ起動式にプログラムして一連の魔法として実行する、魔法による楽器の自動演奏。

難易度で言えば音波という単一の現象を制御する演奏そのものの再現の方が簡単だ。実用性という点では疑問符が付く。だが演奏動作を再現している技術力は、疑う余地が無い。

「息遣いの調節が特に難しかったんだって。その所為でリードを大量に消費したって五十院先輩は言ってたよ。マウスピースだけで音を出す楽器の方が技術的には難しいけど、経済的には楽だってぼやいてた」

アリサが語る紀歌の苦労談を、茉莉花は「ほーっ」と合いの手を入れながら楽しそうに聞いていた。

茉莉花とアリサは休憩時間をもらって三高のエリアに足を向けた。お目当ては言うまでもなく、茜とレイラの剣舞だ。

剣舞が演じられるのは、野外ステージではなく大型テントの中の円形舞台だった。一高のバイク部&ロボ研がロボットバイクのデモに使っているテントに雰囲気が似ている。

三高の演し物の中でも特に人気なようで、早めに行ったにも拘わらず後ろの方の席しか取れなかった。

「もっと早く来れば良かったね」

「えっ？　あたしは別に、後ろの方でも良いけど？」

「ミーナが構わないなら私も別に……」

しかしこの様に、茉莉花は意外にも不満を示さなかった。

客席が満員になったところで、予定時間より少し早いが茜とレイラが登場した。二人の予想外と言うか、予想を超えたコスチュームに客席が沸く。

その衣装は、と言えば。レイラはチャイナドレス、茜はくノ一装束だった。どちらも史実や事実に沿うものではなく、B級フィクションで描かれているような格好だ。二人とも厚手のタイツを穿いているので肌の露出は少ない。だが健康的な女子高校生のボディラインや脚線美は露わになっていた。

また二人が持っている「剣」も観客の予想を外した。レイラは柳葉刀（中華刀）、茜は打刀（日本刀）の、異種格闘技ならぬ異種剣舞だった。

茜とレイラが背中合わせになって客席の四方に一回ずつ、手を振りお辞儀をする。

そして二人は西部劇の決闘シーンのように、互いに背中を向けた状態で歩き出した。同じ歩幅、同じテンポで二人が円形舞台の端に達したその時、銅鑼が打ち鳴らされた。

茜とレイラは同時に振り返り、互いに向かって軽やかなステップで駆け寄った。

「んーっ、満足」

円形舞台のテントを出た茉莉花は、大きく伸びをしながら満足げな声を漏らした。

「そう、良かったね」

一方、アリサの表情は冴えない。心なしか、青ざめているようにも見える。

「……大丈夫？　やっぱり嫌だった？」

それに気付いて、茉莉花が心配そうな声音で訊ねる。アリサは争いごとが嫌いだ。自分が争うだけでなく、他人が争っているのを見るだけで苦痛を覚える。

高校入学後の数ヶ月でかなり耐性が付いてきたとはいえ、根っ子の部分は変わっていない。茜とレイラの剣舞は華やかなだけでなく、本物の斬り合いかと思わせるほど真に迫った、迫力があるものだった。舞踊と分かっていても、戦いが嫌いな人間にとっては刺激が強すぎる代物だったかもしれない。

「……嫌と言うより、ちょっと怖かった」

アリサは一瞬口ごもったが、結局素直に本音を答えた。

「でも気にしないで。それだけ一条さんたちの技が優れていて見応えがあったということだろうから」

「本当に大丈夫……？」

「うん。良い経験だったと思う」

「だったら良いけど」

「もう。ミーナまでそんな顔しないでよ。何だか、悪いことをしているような気になってくるじゃない」

「――うん、分かった。じゃあ、戻ろっか」

茉莉花は愁眉を開いて笑顔でアリサに手を伸ばした。

アリサはニッコリ笑ってその手を取った。

◇◇◇

九校フェス一日目に続き二日目も、概ね平和に終わった。一日目で大体の要領が分かったのか二日目の方がむしろ、混雑や座席争いの小競り合いは少なかった。

ステージの演奏、演芸は二日目で終わりだ。展示は三日目も続けられるが、三日目のメインはあくまでも研究発表。人を使ったデモを伴う展示は二日目で終えるところが多い。

夕方になり公開時間が終わると、あちこちで片付けが始まった。日が暮れるのが早いシーズンだ。野外ステージの周りやプレハブ小屋の中では照明が点っていた。

「見回り、ご苦労様」

片付けの様子を何となく眺めていたアリサたちに紀歌が声を掛ける。アリサと茉莉花は同時に紀歌へと振り向いた。

「すっかり任せちゃってゴメンね」

紀歌の謝罪が一日目と二日目の見回りに加わらなかったことに対するものであることは、アリサにも茉莉花にもすぐに理解できた。

「いえ、私たちは特に、することもありませんでしたから」

その謝罪に、茉莉花が応えを返す。展示にもステージにも加わっていないという意味で「することが無かった」というのは本当のことで、紀歌に気を遣ったわけではない。

それに昨日の茜とレイラの剣舞を見て、茉莉花には少々思うところがあった。自分には関係無いと思っていた九校フェスだが、そういう白けた態度は損をしていたのではないかと感じたのだ。

先輩や同級生が九校フェスに熱中していることについて、茉莉花はアリサに「ただ参加するだけならば意味は無い」という趣旨の反論をした。だが主役にならなくても、勝者にならなくても、参加するだけでも、熱い時間を手に入れられるのならば価値はあると思い直していた。そして、その機会に目を向けようともしなかった自分は、もったいないことをしたと思った。

だから茉莉花は、部活連会頭として各部の調整をしながら音楽部の方でも部長としてステージを成功に導いた紀歌に対して、否定的な批判も感情も持てなかったのだった。

「うーん……それは部活連会頭として見回りに参加しなかった言い訳にはならないんだけど」

紀歌は「弱ったな」という風に、曖昧な笑みを浮かべた。

「……でも、そう言ってくれる気持ちは嬉しいよ。明日は私も見回り、頑張るから」

「はい、よろしくお願いします」

茉莉花が押し問答を始めそうだったので、アリサは機先を制して紀歌に会釈のようなお辞儀をしながら応えを返した。

「こちらは大丈夫ですので、先輩は各部の撤収作業を見てくださいますか」

そして仕事の分担を提案する。

「分かった。任せて。そっちは私がしっかり監督するよ」

紀歌は困惑が抜けた笑顔で頷いた。

## 【7】前夜

撤収作業が完了し、生徒は全員会場から引き上げた。照明も全て落ち、九校フェスの広大な会場は闇に沈んでいる。

今そこに、身許も意図も怪しい集団が侵入していた。

闇の中こそが、自分たちの晴れ舞台だとでも言いたげに蠢いていた。

しかし闇の中で舞い踊り技を競っているのは、同じ使命に従い同じ目的を共有する者たちばかりではなかった。

そこには相反する使命、相反する目的を有する者同士の暗闘があった。

◇◇◇

九校フェスの会場から徒歩で十分強の場所に、一高生たちが泊まっているホテルはあった。

全員が夕食を終え、ある者は大浴場で、またある者は部屋に引っ込んで寛いでいた、そろそろ真夜中と呼べる時刻。明日の研究発表チームが東京から到着した。

一昨年まで行われていた論文コンペでは、この発表こそがメインで本番だった。優勝争いの常連だった一高では今でも、他の展示やステージとは少し別の扱いになっている。

「堀越先輩、お疲れ様です」

例えばホテルに到着した代表の愛茉を、こうして生徒会長の勇人が出迎えたりする。別に特別扱いをする決まりがあるわけではないが、こうすることが当然という意識が一高生である勇人には刷り込まれていた。

「明、予定より遅かったね」

刷り込みは、言い換えれば伝統だ。入学して半年と少しのアリサは、まだそれほど伝統の影響を受けていない。出迎えには立ったものの、余り畏まってはいなかった。無論、相手が友人ということもあるが。

「出発が少し遅れたのよ。掛かった時間は予定どおり。……とはいえ、車は時間が掛かるわね。疲れちゃった」

愛茉と明、それと後二名の研究発表チームはプレゼンテーションに使う機材と一緒に自走車で東京から移動してきたのだった。もちろん自分で運転してきたわけではないが、電車に比べて時間が掛かるので乗っているだけで疲れてしまう。自走車で東京から奈良に行く場合、高速道路をフルに使っても都市間列車の二倍、リニア新幹線との比較だと四倍の時間が掛かる。

今は交通管制システムの完成と車歩分離の進展により渋滞が撲滅されており、自走車移動の負担は大幅に下がっている。それでも大都市間の移動の場合、電車に比べると「乗っているだけで疲れる」という羽目に陥るのは避けられなかった。

「明、晩ご飯は？」

茉莉花の問い掛けに「途中で済ませてきた」と答える明。まだホテルのレストランは開いている——開けてもらっているのだが、彼女にはもう不要であるようだ。

「あっ、あたしは食べたい」

だがラストオーダーを延ばしてもらったのは無駄ではなかった。愛茉は途中で食べなかったのかそれとも物足りなかったのか、今から食事を望んだ。彼女一人ではなく二年生アシスタント二名の内の片方が夜食を望んだ。

「分かりました。テーブルは確保してありますので、どうぞこちらへ」

「お荷物は私がお預かりします」

勇人が一流レストランのボーイのような仕草で愛茉を案内し、アリサがベルスタッフ役を申し出た。

「あっ、私も手伝うわ」

明がアリサの手伝いを申し出るが、「疲れているでしょう」とアリサにやんわり断られた。

明はさっぱりして早く眠りたいらしい。食事ではなく入浴を欲した彼女を、アリサと茉莉花で大浴場に連れて行った。

機械任せで身体を洗い——全方位からボディシャンプーとお湯を拭き掛けるシャワーがある

――湯船に身体を沈めた明は「あーっ……」と気持ちよさそうな声を上げた。

「明、それは女子高校生的にまずいんじゃない？」

遅れて身体を洗い終わった茉莉花が呆れたように、ではなく可笑しそうに訊ねた。

「い、良いでしょ、別に。女の人しかいないんだから」

「そりゃあ、女子風呂に男性がいたら案件だよね」

「そういう問題じゃないと思うよ」

明の開き直りに茉莉花は笑いながら軽くツッコみ、アリサは呆れたと言うよりむしろ心配そうに意見した。

「…………」

明は言い返さない。そんな元気も無いのか、広い湯船の壁にもたれる格好で船を漕ぎ始めた。

「本当に疲れているみたいだね……」

「お風呂の中で寝ちゃダメだよ」

明の左右から、アリサが同情の、茉莉花が心配の言葉を掛ける。

「もう上がろう。立てる？」

訊ねながら、茉莉花は明の右肘に手を添えた。

「大丈夫よ……」

口では強がっているが、明は茉莉花の手を拒まなかった。

反対側からアリサが同じように、明に手を添える。

茉莉花とアリサはお湯の中から引き上げるような形で明を立ち上がらせた。

脱衣所に出たところで明がよろけて茉莉花に寄り掛かる。

「ぷにぷにしてる……」

「なにおぅ！」

茉莉花は思わずマジ顔で言い返した。

「あっ、ゴメン……。何か、頭が真面に働いていない感じで……」

「自覚があるなら態とでしょ」

茉莉花が所謂ジト目を明に向けた。

二人がじゃれ合っている間に、アリサは茉莉花と明のバスタオルを持ってきた。もちろん、自分の身体には既にバスタオルを巻いている。

「明、座って。はい、ミーナ」

アリサは明をいったん鏡の前の籐椅子（スツール）に座らせ、茉莉花にバスタオルを渡した。

「明、自分で拭ける？」

「うん、大丈夫……」

アリサからタオルを受け取り、明はのろのろと自分の身体を拭き始めた。

手早く自分を拭き終えた茉莉花がバスタオルを巻いただけの姿でドライヤーを手にした。

自分の髪を乾かす為ではなく、明の背後に立つ。そして、タオルを押し当てるようにして水気を取っている明の髪にドライヤーを当て始めた。

「あっ……茉莉花、ありがと」

「どういたしまして。明の髪は時間が掛かりそうだからね」

鼻歌を口ずさみながらドライヤーを掛ける茉莉花。

「明の髪もきれいだねぇ。アーシャとはまた、違った美しさがあるよ」

「そ、そうかな」

「でも、ちょっと荒れているかな。あっ、枝毛発見」

「し、仕方が無いでしょ！　忙しかったんだから！」

明は顔を赤くして言い返したが、茉莉花の手から逃れようとはしない。彼女は身体を拭き終わっても、茉莉花に自分の髪を任せていた。

なお茉莉花の髪には、自分の支度を終えたアリサがドライヤーを掛けてブラシを通した。

◇　◇　◇

ホテルの中ではそんな平和な日常が繰り広げられていたがホテルの外、少し離れた九校フェスの会場では闇の中に相応しい寸劇が進行していた。

闇に紛れる暗色の服を着た一団が真っ暗な会場内で蠢いていた。合計でわずか十二人。その小集団には、男性ばかりではなく女性もいた。平均的な日本人の外見的特徴を持つ者だけでなく、異民族の特徴を備えているか、異民族そのものの人影も交じっていた。

その怪しい一団は広い会場に二人一組で散らばって、まだ解体されていないステージやプレハブ小屋に小型の機械を仕掛けて回っている。その機械は無線で起爆する小型爆弾だった。

彼らはマフィア・ブラトヴァの暗殺工作員だ。半数が新ソ連から密入国した本隊の戦闘員、半数が現地調達したテロリスト。爆発物と無線式リモコンも現地調達だ。危険物の流入を水際で止めても、危険人物の密入国を許せば凶悪犯罪はいくらでも起こりうるという分かり易いサンプルだった。

ロシア人は、ここまで上手くやっていた。警戒が厳しくなった北海道・東北を避けて紀伊半島西岸に上陸し地域に溶け込んでいた二世、三世の工作員とコンタクトを取り爆弾テロのノウハウを持つテロリストを味方に引き入れた。

だが「禍福は糾える縄の如し」という諺もあるように、世の中は幸運だけが続くものではない。それは彼らが生きる世の中の裏側でも同じだ。

闇の中で蠢く彼らに、忍び寄る影があった。

九島朱夏が指揮する「九」の合同部隊は、九校フェスの会場を囲む形で展開していた。

「朱夏様。配置が完了しました」

九島家に祖父の代から雇われている初老の元軍人が作戦準備の完了を朱夏に伝える。

　この元軍人は旧第九研の失敗作で、国防軍に飼い殺されそうになっていたところを今は亡き朱夏の祖父が引き抜いた者だ。

　魔法師としての技量は低い。戦闘魔法師としてはほとんど使い物にならないが、老練な組織運営能力を備えており若い朱夏はその面で大いに頼っていた。

「曲者の姿は捉えているわね？」

　この会場は広い。完全に包囲するだけの人数を、朱夏は調達できなかった。曲者を全員逃がさない為には、その所在を把握しておくことが必要だった。

「はい。［千里眼］と［順風耳］の遣い手が十二人の曲者を捕捉しております」

　自分よりも二十歳以上年上の部下の答えを聞いて朱夏は一つ頷いた後、作戦開始を命じた。

　九島、九頭見、九鬼。「九」の各家の手勢が動き出す。彼らは［千里眼］［順風耳］などの知覚系魔法の遣い手から無線によるアシストを受けて爆弾を仕掛けている暗殺者一味へと忍び寄った。

　現代の旧第九研は『第九種魔法開発研究所』と名前を変え、知覚系魔法の開発を研究テーマとして掲げている。［千里眼］や［順風耳］などの知覚系古式魔法を修得した魔法師の層の厚さは、あの四葉家も及ばぬ「九」の強みだ。

もっともこの作戦は、その知覚系魔法で入手した情報に基づくものではなかった。九校フェス会場に爆弾テロの企てがあると朱夏に知らせてきたのは、彼女の従姉で現在は四葉家に身を寄せている藤林響子だった。

今は距離を置かれているが、二年前までは姉妹同然の付き合いだった。付き合いが薄れた今も彼女に対する信頼は変わらない。たとえ、九島家を見捨てて四葉家に付いたという噂が事実だったとしても。

また逆に彼女が四葉家に身を寄せているからこそ、今日の情報には信憑性があった。四葉家次期当主の婚約者が明日、九校フェスの会場を訪れるという噂は朱夏も知っている。その彼が、命を狙われているという噂も。ここ最近、外国の工作員や犯罪者——外国人とは限らない——の姿が多かったのはこの噂と無縁ではないだろう。朱夏はそう考えている。

その真相を突き止める為にも、爆弾テロなんて暴挙を止める為にも、それ以上に九島家のお膝元で魔法界の重要人物暗殺などというスキャンダルを許さない為にも、犯罪者・テロリスト一味は一人も逃がせない。

朱夏は捕縛作戦開始の命令を下した後、自らも闇の中に飛び込んだ。

九島家を始めとする「九」の軍勢——というには少人数だが——により九校フェス会場に蠢いていたマフィア一味（マフィア・ブラトヴァ一味）は次々と捕縛された。

一応現行犯だが私人逮捕の範疇に収まっているとは言い難い力尽くの捕縛だった。何より「九」の各家には、彼らをすぐに当局へ引き渡す気が無いから私人逮捕ではなく逮捕監禁罪に該当する不法な拘禁だ。

朱夏を始めとして「九」の人間は誰もそんなことは気にしていなかった。

そんなことを気にしている余裕は無かった。

マフィア一味の捕縛は概ね順調かつ速やかに進行した。だが完全に一方的とも言えなかった。

日本で調達されたテロリストは朱夏に率いられた軍勢の敵ではなかった。だが密入国したロシア人には、所謂「魔法師キラー」が交じっていた。六人の戦闘員中、三人が魔法師に対抗する為の特殊訓練を受けた強化人間だった。

とはいえこんな作業に投入される戦闘員だ。強化レベルは低い。その内の一人と対峙した朱夏は、全く脅威を覚えなかった。

その強化人間は逃げ道を塞ぐ朱夏にサプレッサー付きの拳銃を向け、無警告で発砲した。

随分高性能な（サウンド）サプレッサーを使っているらしく、発射音はほとんどしなかった。

だがプシュッという小さな破裂音とわずかに見えたマズルフラッシュで、弾が発射されたのは分かる。

しかし朱夏がダメージを受けた様子は無い。空砲による威嚇ではなく実際に銃弾が発射されていたのだが、朱夏には当たっていなかった。

ロシア人「魔法師キラー」と朱夏の距離は十メートルを切っている。素人ならともかく、銃器にも熟達している強化人間の戦闘員が外す距離ではない。

あり得ない事態に普通の神経なら動揺を免れなかっただろう。自分の技量に対する疑心暗鬼で手足が止まってしまったかもしれない。

しかし「魔法師キラー」である強化人間は、肉体だけでなく精神も普通ではなかった。何の停滞も見せずに今度は両手で銃を固定し、しっかり狙いを定めて次弾を放った。

朱夏が止めていた足を踏み出す。銃弾を回避する為ではなく、ロシア人に向かって真っ直ぐに歩み寄っていく。

強化人間は続けざまにトリガーを引いた。弾が次々に銃口から放たれ、朱夏を貫いていく。貫くだけで、血も肉片も飛ばない。幻を撃っているかのように。

カチッという小さな音を立てて、銃撃が止んだ。自動拳銃の弾を撃ち尽くしたことで起こるホールドオープン——スライドストップが掛かったのだ。

強化人間の表情は変わらない。だがその瞳には明らかに、困惑と焦りが宿っていた。

もしかしたら、微量の恐怖も。

ロシア人「魔法師キラー」は、拳銃のマガジンを入れ替えなかった。拳銃を乱暴にベルトに突っ込み——投げ捨てなかった点は、さすがにプロフェッショナルと言えよう——戦闘用ナイフを抜いた。

携帯性を重視したのか、本格的な大型戦闘ナイフではない。むしろ戦闘には不向きな折り畳み式のナイフだった。だが一般にジャックナイフと呼ばれている小型の折り畳みナイフではない。対人戦闘で十分な殺傷力を発揮する大型の折り畳み式ナイフだった。

そのナイフを構えるでもなく、刃を露出させた直後に、むしろ無造作に朱夏（あすか）へと斬り付けた。

ダッシュを伴う斬撃は間違いなく朱夏（あすか）の影を捉えた。

だがロシア人の手には、何の手応えも返さなかった。

強化人間の瞳から困惑が消え理解の色が浮かぶ。自分が幻影を相手にしていると覚（さと）ったのだ。

彼はもう一度朱夏（あすか）の幻影を大きく薙（な）ぐと、バリケードに突っ込む時のようにガードを固めて手応えが無かった幻影へと突進した。幻ならば自分を遮るものではない、そこに活路があると判断した結果だった。

だが朱夏（あすか）の影に触れた途端「魔法師キラー」の全身を激しい電撃が襲った。まるで高電圧電流が流れる鉄条網の罠（わな）に掛かったように、ロシア人の運動機能は麻痺（まひ）した。強化された肉体を以（もっ）てしても、その電撃には耐えられなかった。

地面に倒れた「魔法師キラー」の横にしゃがみ込んだ朱夏（あすか）が、手錠と足枷（あしかせ）をその男に掛けて拘束する。

彼女の顔には満足感も達成感も無い。恐怖や緊張の残滓（ざんし）も無い。この結果を最初から決まり切っていた当然のものと見做（みな）しているのは明らかだった。

幻影は九島家のお家芸とも言える［仮装行列］だ。朱夏は父親の真言も含めた生存している家族の中で、最も［仮装行列］が上手い。彼女は単に幻影を作り出すだけでなく、そこに条件発動型の魔法を仕込む小技も得意だった。

今回は［仮装行列］で作り出した自分の幻影に、接触を発動条件とした［スパーク］の魔法を仕込んでいた。

幻影に身体ごと突っ込んでいった強化人間は、全身に［スパーク］の電撃を浴びたという次第だった。

不幸にも朱夏に出会した強化人間は「魔法師キラー」として新たな命を与えられたにも拘わらず——死体を蘇生したという意味ではない——一矢も報いられなかった。残る二人の内の片方も、こちらは善戦したが結局、取り押さえられた。

しかし最後の一人は「九」の包囲網から逃れて、九校フェスの会場から抜け出すことに成功した。

その男が逃げていく方向には、一高生が泊まっているホテルがあった。人質を取るなどの、何らかの逃走手段確保を狙ったのではない。彼に逃亡先を選ぶ余裕は無かった。狩人の気配を避けて闇雲に逃げていたら偶々その方向だったという、単なる偶然だ。

だが実際に普通の警備しかされていないホテルを目にして、逃走に利用しようという余計な欲を出したのは、追い詰められた犯罪者の心理としては理解できなくもない。

「魔法師キラー」の強化人間はホテルの裏に回った。短絡的に裏口から侵入しようとしたのではなく警備状況を確認する為、一回りしてみることにしたのだ。

このホテルは高校生の宿泊にも利用できる程リーズナブルな値段設定がされているが、ビジネスホテルではなく観光ホテルだ。ちなみに高い部屋は本当にお高い。

観光ホテルとしては当然かもしれないが、ホテルの裏手は――勝手口という意味ではなくエントランスの反対側という意味だ――ちょっとした庭園になっている。もう夜も遅いからか、照明も疎らで弱々しい。身を隠すには格好の場所だとロシア人は思った。

庭園には部外者が侵入できないように柵があり警報装置が取り付けられていたが、犯罪組織に身を落としたとはいえ元は新ソ連の特殊工作部隊に所属していた男にとっては、どちらも障碍になる物ではなかった。

時季的にまだ落葉してしまってはいない。庭園の木々は追われる者に恩恵となる陰を与える。夜の闇の樹木の陰で「魔法師キラー」は一時ではあるが安住の地を得た、かに見えた。

しかし樹木の根元にしゃがみ込み、身を隠したロシア人に歩み寄る人影があった。

忍び寄る、ではない。歩み寄る、だ。

上下とも暗色の闇に紛れる服で固めているロシア人強化人間とは対照的な、白を基調にした一高の制服姿。偽装目的のコスプレでなければ一高の生徒だ。

もう夜も更けているとはいえ日付が変わるまでにはまだ一時間以上あるから、一高生が起きていても不思議は無い。女子生徒なら不用心との誹りを免れぬところだが、男子生徒ならば暗い庭園を散歩していても物好きで済む。

ただその生徒の歩みは、ロシア人が隠れている場所に偶々近付いているという感じのものではなかった。しっかりとした目的意識が窺われる足取りだった。

男子生徒――早馬が足を止める。彼が立ち止まった樹木の裏側では、元新ソ連軍人の「魔法師キラー」が懐からナイフを取り出して何時でも襲い掛かれるように構えていた。

早馬が右手の人差し指と中指を胸の前で立てた。その指先に揺らめく淡い光が出現する。密教や修験道の、刀印を用いた術ではない。早馬は儀式的な手順を全て素っ飛ばして何も無い空中を光らせた。

照明とするには頼りない光度。懐中電灯どころか電化時代以前の行灯の代わりにもなりそうにない。確かに光っているのに、見詰めていると闇の中に落ちていきそうな気分になる。早馬が生み出したものは、灯りと言うより怪火だった。

樹木の陰で、強化人間は息を潜めて襲い掛かるタイミングを計っている。

早馬はその反対側で緊張の気配を微塵も醸し出さず、立てた二本の指を軽く振った。

その指先に浮かんでいた怪火が、ふよふよと緊張感無く指を振った先へ漂っていく。

ロシア人が隠れている樹木の方へ。

怪火は樹木に当たり、燃え移らずに消えた。

いや、通り抜けた。

そしてロシア人強化人間である「魔法師キラー」の頭の上に出現する。

突如頭上から照らされて、強化人間の目が怪火に向いた。

次の瞬間、ロシア人は飛び跳ねるように立ち上がった。

血相を変え、見開いた目に紛れもない恐怖を宿して、ナイフを振り上げて早馬へ襲い掛かる。

早馬の表情に初めて緊張感が走った。

早馬が放った怪火は、恐怖の感情を刺激する幻術の光だ。[フォボス]という精神干渉系現代魔法を幻術で可視化した魔法である。肉眼には見えない想子光で相手の心に直接恐怖を呼び起こす[フォボス]を敢えて見えるようにして、想子による直接干渉に抵抗力を有する相手にも間接的に恐怖を植え付けるようにアレンジした魔法だ。

元になった魔法の名称に使われている[フォボス]の原義は「敗走」。[フォボス]は相手をパニックに陥らせ闇雲な逃亡に走らせることを目的とする。その隙を曝した背中に決定的な攻撃を叩き込む為の魔法というわけだ。

早馬も、彼の幻術を目にした曲者がパニックを起こして逃げ出すことを期待していた。その隙を突いて捕縛の為の魔法を放つ準備をしていた。

だが早馬の予想に反して——期待に反して、と言うべきかもしれない——曲者は彼に刃を向けてきた。パニックは起こしていたが、逃亡ではなく攻撃を選んだ。

隠れているくらいだから追い詰められれば闘争ではなく逃走を選ぶと早馬は考えていたのだ。だが今は、予測の甘さを悔いている余裕は無い。目の前の、現実に迫ってくる刃を何とかしなければならない。

早馬は加速系単一魔法を発動して、襲い掛かってきたロシア人強化人間を突き飛ばした。

強化人間は隠れていた樹木の根元に、仰向けに落ちた。しかし、強化された肉体にとってその程度の衝撃はダメージにならなかったようだ。ロシア人はすぐに立ち上がった。

「まずいかもしれない」と早馬は心の中で呟いた。彼は高校生としては優れた魔法師だが、本質的には幻術士だ。物理的に作用する魔法は、本当は余り得意ではない。

強化されたフィジカルで襲ってくる強化人間は幻術士の早馬にとってむしろ与し易い相手だが、それには正面から戦わず搦め手から幻惑するならば、という条件が付く。相手に本体の居場所を覚らせず相手の物理的な攻撃が届かない所から、一方的に幻術を仕掛けられるから相性が良いと言えるのだ。

今のように手が届く間合いで正面からぶつかり合う羽目になった時は、有利不利が逆転する。相手が対魔法師戦闘のノウハウを身に付けた「魔法師キラー」である場合、ただでさえ低い勝率はますます下がる。

（仕方が無い――）

この事態に陥ったのは早馬自身の油断が原因だ。「暗殺者は卑怯な存在だからパニックになれば逃げるに違いない」と決め付けた所為で自分がピンチに陥っている。リスクも自分への反動もあるが、この状況を切り抜けるには切り札を一つ、切るしかない――。

早馬が覚悟を決めた、その瞬間のことだった。

早馬と強化人間の間に透明な壁がそびえ立った。強化人間は自らの突進の勢いで、叩き付けられて潰れたような状態で壁に張り付いた。無論本当に張り付いているわけではなく、ロシア人は球面の緩やかな傾斜に沿って頽れる。

早馬を半球状に包んで守っていた壁が消え、暗殺工作員を閉じ込める檻として再出現した。

「早馬、怪我は無いか？」

庭園を照らす街灯の光の陰から歩み出た勇人が早馬に訊ねる。言うまでもなく、早馬を守り強化人間を閉じ込めている壁は勇人が作り出した魔法障壁だった。

「……助かったよ。御蔭で怪我をせずに済んだ」

「そうか」

ニコリともせず、ニヤリともせず、勇人は頷く。

「じゃあ、説明してくれるんだろうな？」

そして早馬に「誤魔化しは許さん」とばかりの、厳しい目を向けた。

「……怪しい気配を感じて庭園に出てみたら、不審者が潜んでいたんだ」

「それで説明できていると本気で思っているのか？」

「嘘は言っていない。最初から警戒しては、いたけど」

勇人の冷たい問い掛けに、早馬は怯まず答えた。

「最初から？　何を？」

なおも「腑に落ちない」という顔で勇人は追及を続けた。

「九校フェスを舞台に要人暗殺のテロが行われるという噂だよ。勇人も耳にしているんじゃないの？」

「お前、それを何処で……」

勇人が顔色を変える。

「やっぱり知っていたんだね。明日の研究発表を聴きに来る司波先輩の暗殺を企む連中がいるという噂を」

「…………」

勇人は答えない。隠すべきことではないはずなのに、何故か答えられなかった。

ロシア人がアリサを暗殺の道具として利用しようとしている。アリサには何の非も無いが、ロシア人の民族的特徴を持つアリサがロシア人の手先扱いされるかもしれないという可能性だけで、勇人には承服し難いことだった。

「この場合、沈黙は肯定だよ？」

攻守は、逆転した。

「僕は学校の外でもそこそこ顔が広い。魔法師以外との付き合いもある。余り大きな声では言えない友人だけどね。この噂は、その友人が教えてくれた」

早馬は成績優秀者だが、余り素行は良くないと見られている。そんな彼が風紀委員長に選ばれたのは、品行が風紀委員の条件ではないからだ。そのマイナスイメージが、彼の出任せに信憑性を与えていた。

「そう、か」

勇人はもう、その程度の相槌を打つことしかできなくなっていた。「その友人は誰だ」と早馬を問い詰めることもできなかった。

「そこの侵入者が何故、このホテルにいたのかは分からない。全く想像も付かない。だけど、せっかく捕まえたんだ。警察を呼んでもらうから、勇人はそのまま押さえていてくれ」

「……分かった」

早馬の姿がホテルの中に消えても、勇人の動揺は去らなかった。

満足に問答もできないほど心を乱していても、強化人間の暗殺工作員を捕らえている彼の魔法は、小揺るぎもしていなかった。

◇　◇　◇

ホテルにはパトカー以外に凶悪犯用の護送車もやってきた。ロシア人がホテルの庭園に不法侵入したのは明らかな現行犯だったので、早馬と勇人の行為は私人逮捕の要件を満たしていると認められお咎めは無かった。

警察に身柄を引き渡されたロシア人強化人間は、軍用の強化外骨格でも脱出できないというのが売りの頑丈な護送車で運ばれていった。

その行き先が地方警察ではなく公安の超法規的取調施設ということは、一高生では早馬だけが知っていた。

「公安とつながっている一高生が判明したわよ」

ここは黒羽家が日本各地に隠し持っている隠れ家別荘の一つ。ネグリジェの上からナイトガウンを羽織った亜夜子が――ガウンは羽織っただけで前を閉じていない――、帰ってきたばかりでまだ仕事着のままの文弥にいきなりそう告げた。

「へぇ、公安が高校生の工作員を使っているのか。学生刑事なんてフィクションの中だけかと思っていたよ」

いきなりにも拘わらず、文弥は戸惑いを見せなかった。彼は皮肉な口調でそう応えた。

「フィクションって、魔法師の私たちがそれを言うの？」

呆れ声で指摘する亜夜子。

「魔法は客観的な能力だからね。発見前はフィクション扱い、発見後は事実扱いでもおかしくはない。でも警察と高校生の関係は常識が決めることだ。常識は事実より余程頑固だよ」

しかし文弥は涼しい顔で捻くれた反論を返した。

「常識よりも法令でしょ。まあ、それを言ったら法令を頻繁に無視している私たちに跳ね返ってきそうだけど」

「気にしたら負けだよ。それで、公安の手先というのは？」

「公安の手先じゃないわ。逆に公安を使う立場みたい」

これには文弥も、驚きを隠せなかった。

「……何者なんだい？」

「名前は誘酔早馬。現在二年生」

「いざよい？　あの『十六夜』の一族？」

「十六夜の十六夜じゃないわ。『酔いに誘う』で誘酔。五十年くらい前にあの十六夜家とは袂を分かった家柄みたいね」

「結局、元はあの十六夜なんだね」

十六夜家は百家の一つで、古式魔法の分野では百家最強と言われている。古式魔法師の中には「十六夜家の実力は十師族に勝るとも劣らない」と本気で唱える者もいる有力な一族だ。

彼ら自身も自分たちの魔法力に対する自負故か、十師族に対して何かと対抗姿勢を見せてくる。十師族にとっては頭が痛い存在でもあった。

「それで公安を顎で使うというのは？　相当な権力者がバックについているんだろう？」

「顎で使うなんて言ってはいないけど……。どうやら四大老・安西勲夫の直参みたい」

「東道閣下の同格がバックか……」

亜夜子と文弥は高校卒業を機に四大老の存在と、その内の一人、東道青波が四葉家のスポンサーであることを教えられていた。

「それじゃあ、迂闊なことはできないね」

「そうね。それが分かっただけでも、あのロシア人を泳がせた甲斐があったわ」

あのロシア人強化人間が「九」の各家の包囲から逃れ、一高生が泊まっていたホテルの庭園に逃げ込んだのは、黒羽家の魔法師たちが誘導した結果だった。

あの強化人間本人は、自分の逃走がコントロールされていたことを知らない。

九島朱夏も誘酔早馬も、自分たちの捕り物劇の裏で黒羽家が暗躍していたことに、気付いていなかった。

## 【8】最終日

三日間の九校フェスは、最終日を迎えた。今日のイベントは各校代表による研究発表会。前身の論文コンペの伝統を受け継ぐ由緒正しい催事だ。——なお論文コンペは、十年少しの歴史で幕を閉じた。

展示エリアではデモンストレーションを伴わない無人の展示のみが残されている。今日のステージは予定されていない。本日のイベントは研究発表会のみだ。

論文コンペと異なりフェスの研究発表会は順位を付けない。それでは生徒も熱が入らないだろう、と悲観的な予想をする大人は少なくなかったが、生徒たち自身は去年も今年も大いに盛り上がっていた。順位という柵から解放されて、のびのびとしているようですらあった。

発表の舞台は九校フェス会場の中央に立つ多目的ホール。発表は論文コンペと同じく、魔法の実演を伴う形式だ。開幕前の今、各校が用意した実演の為の機材が慌ただしく多目的ホールに運び込まれていた。次々と運び込まれる機械器具に危険物が紛れ込んでいないかを、この会場を提供している魔法協会の職員がチェックしている。だが時間的にタイトな所為で、チェックは万全とは言い難かった。

◇　◇　◇

一高の展示エリアでは昨日までバイク部&ロボ研が使っていたテントに大型の機材が運び込まれていた。

「堀越(ほりこし)先輩。他の学校はもう搬入を始めていますよ?」

搬入した機材のセッティングに立ち会っていたアリサが作業を指揮している愛茉(えま)に訊(たず)ねる。

アリサの声は不安と心配の成分で構成されていた。

「そんなに急ぐ必要は無いのよ。あたしたちの順番は後ろから二番目なんだから。午後からでも遅くないくらい」

答える愛茉(えま)の声は、対照的に暢気(のんき)なものだ。

「開幕前に受付してチェックを受けないといけない決まりなんですが……」

「アリサちゃんは心配性だねぇ。締め切りまで、まだ一時間もあるから大丈夫よ。ちゃんと間に合うように持って行くわ」

アリサの懸念(けねん)はもっともなものなのだが、愛茉(えま)は軽く笑って相手にしなかった。

ただ、これにはちゃんと理由があった。

「セッティング、終わりましたー」

アシスタントの二年生男子が据え付け作業の完了を報せる。

「よーし。動作テスト、始めるよー」

研究発表チームが奈良に到着したのは昨晩深更だった。自走車による輸送で機材に異常が生じなかったかどうか、テストする時間は無かった。

仮に時間があったとしてもホテルでは無理だ。愛茉が発表に使う装置はかなり大きい。この大型テントの円形劇場くらいの広さがなければ動作確認ができないのだった。

「モーションキャプチャー、オン」

「オールレンジモーションキャプチャー、アクティベート」

疑似全感覚VRシステムの要となる三百六十度動作捕捉システムが起動する。これはバーチャルキャラクターをリアルタイムで動かす為に使われているシステムの発展形だ。前後左右上下、全ての方向からプレイヤーをカメラで捉え、ソフトだけでなくハードも専門化されたコンピュータで、動作に伴う反動や衝撃などが生み出す慣性や加速感を予測してデータ化する。

この先読みデータを元に加速系魔法を発動することで、視覚以外からもたらされる運動実感を再現するのだ。

予備動作から次の動作を予測する。どれだけ精密な予測ができるかに、このシステムの成否は掛かっている。予測を失敗して動作に整合しない慣性抵抗を与えてしまうと、現実同然のVR体験どころかシュールな悪夢体験となってしまう。魔法以外の部分で、最も苦労したのがこの予測システムだ。

「予測データとCADの変数リンクを確立しました」

三年前に一高で行われた恒星炉の初期実験にも使われていた据え置き型CADのコンソール席に着いていた明が、コンピュータとの連動成立を報告した。この研究発表での彼女の主な担当はプレイヤーを無重力状態にする刻印魔法だった。

刻印魔法の性質上、一度設定すれば細かな調整は必要無い。その役目を果たし終えた明は、大型CADのオペレーターを任せられているのだった。

加速度の予測データが適切なスピードで正しく出力されても起動式に正しく反映されなければ、やはりプレイヤーを混乱させるだけになってしまう。ここで必要とされるのは起動式作成のテクニックではなく、CADが正しく作動しているかどうかを見誤らない注意力と観察力。司波達也フォロワーの明には物足らないかもしれないが、これも重要な役割だ。

「テスター、お願い」

テストプレイをするアシスタントが円形の壇上に上がった。女子生徒の方が華やかで見栄えがするという理由でテスターを茉莉花に代えようという話も出たのだが、「動機が不純」という指摘があって変更案は没になった。

「……VR、異常無し」

VRゴーグルを着けたテスターが左右上下に首を振ってVRの調子を確かめ、準備完了を申告した。

「では開始します。動作確認テストだから程々で切り上げてね」

緊張感に欠ける声で愛茉はＶＲシステムの作動を告げた。

◇　◇　◇

多目的ホールでは、勇人がハラハラしながら研究発表の代表チームを待っていた。

「落ち着けよ、勇人。まだ時間はある」

勇人が焦っているのはプレゼン用機材の搬入が間に合うかどうかではなくアリサが長時間、目が届かない状態になっているからだ。早馬はそれを察していたが、怒らせると分かっていて敢えて指摘するような真似はしなかった。

「怪しいヤツらは？」

勇人はプレゼン機材のことにもアリサのことにも触れずに、暗殺者やテロリストを見掛けていないかどうかを訊ねた。

「今のところそれらしい人影は見ていない」

早馬は戸惑うことなく即座に答えた。この質問を予期していたのではなく、早馬は自分の仕事として不審者の侵入を警戒していたのだ。

一高の風紀委員長。

四大老・安西の、直属の配下。

どちらの立場でも、暗殺やテロを見過ごすことはできない。特に四大老直属という誇りある立場からすれば、単なる犯罪ならばともかく外国犯罪組織の跳梁跋扈は国の威信に懸けて許せなかった。

「このまま何も起こらない、というのは楽観的すぎるだろうな」

「そう思うよ」

「警察が昨夜の男から何か聞き出せていれば良いんだが」

「……まだ半日しか経っていないし、難しいんじゃないか？　拷問するわけにも薬を使うわけにもいかないだろうし」

「もどかしいが、仕方が無いか」

勇人は「家に任せておけばそんな生易しいことにはならないのだが」と考えていた。

公安が使う薬の効果を知っている早馬は「そろそろ成果が出ている頃か」と考えていた。

二人はお互いに、遵法精神とは程遠い本音を口にしなかった。

「……勇人」

何となく黙り込んでいた早馬が、同じように無言だった勇人の脇腹を突いた。

「ようやく来たか」

携帯端末で実家からのメールを見ていた勇人が顔を上げて呟く。彼が目を向けた荷物搬入口には愛茉たち研究発表の代表チームが姿を見せていた。

その中にアリサの姿も見える。勇人は彼女たちへ向かって歩き出した。彼はホッとした気持ちを隠していたが、それなりに付き合いが長い早馬にはバレバレだった。

勇人がアリサと別行動を取っていたのは、一高の生徒会長として各校の機材搬入に立ち会わなければならなかったからだ。今ここには他の八校の生徒会代表がいる。勇人も本音では他の役員を代理にして、狙われている（かもしれない）アリサの側に付いていたかったのだが、会計の一二三は展示物の撤去費用の件で魔法協会の職員と打ち合わせ中、副会長の明は代表チームの一員で、書記のアリサは搬入する側の担当として機材の明細を申告する役目があった。

勇人は機材の搬入がすぐに行われると考えて、この役割分担を決めた。愛茉が時間ギリギリになるまでプレゼン装置を持ってこないなど、完全に勇人の想定外だった。

◇◇◇

研究発表会が始まった。魔法協会主催だった論文コンペとは違い、九校フェスは魔法科高校九校の合同行事で研究発表会もその一部だ。開会の挨拶に立った魔法大学の理事も堅苦しい話はせず、発表会はラフな雰囲気で始まった。

もっともその内容が各所から注目されている点は前身の論文コンペと変わっていない。客席には、魔法工学企業を主として多くの企業から研究者が顔を並べていた。

一高の発表は最後から二番目。出番は先だ。愛茉を始めとする代表チームは、いったん客席に腰を落ち着けた。無論、明も一緒だ。

その明は客席に座るなり、落ち着かなげに辺りをキョロキョロと見回し始めた。まず来賓席を見て落胆し、気を取り直して一般客席の端から端まで何度も視線を往復させ、結局気を落とした。

「明、もしかして司波先輩を探しているの？」

その様子を見ていたアリサは、小声でそう問い掛けた。

「えっ？　ううん、別に……」

気を遣わせたくないと思ったのだろうか。それとも揶揄われたくないと思ったのだろうか。アリサに図星を指されても、明は強がってみせた。

「司波先輩だったら午後から来るそうだよ」

「本当ですかっ？」

しかしアリサと明の遣り取りを横で聞いていた愛茉が割り込んだことにより、その強がりは台無しになった。

食い付くような勢いで訊ねた明に、愛茉は「本当だよー」と間延びした答えを返した。

「魔法大学の先輩が昨日メールで教えてくれたの。司波先輩が来るから事件に巻き込まれないように気を付けろって」

「魔法大学の先輩って、魔法大学に在学中の当校OBということですよね？」

明は何故か、喜ぶのではなくムッとした表情で質問した。

「OBじゃなくてOGだよ」

「どっちでも良いです。何方ですか、そんな失礼なことを言ったのは。まるで司波先輩が事件を起こしているような言い草じゃないですか」

明がいきなり不機嫌になった理由が分かってアリサと、その隣にちゃっかり席を確保した茉莉花が納得の表情を浮かべる。

「あはは……平河先輩だけど、明ちゃんは会ったこと無いと思うよ」

穏やかでない気配を滲ませる明に、愛茉は引き攣る一歩手前の愛想笑いを浮かべながら答えた。

「それを聞いてどうするの？」

アリサの向こうから身を乗り出した茉莉花が明に訊ねる。

「どうもしないわ。……その先輩とは話が合いそうにないと思っただけよ」

ムスッとした顔で明はその問い掛けに答えた。

「確かに平河先輩と明ちゃんは難しいかも」

愛茉が小声で呟く。

その独り言は明に聞こえていた。だが彼女は何もコメントしなかった。

明の態度は「そんなOGのことは、もうどうでも良い」と言わんばかりのものだった。

◇　◇　◇

活発な質疑応答を挟みながら各校の発表は予定どおりに進み、昼食休憩の時間になった。九校フェスの会場は広い敷地が確保されている代わりに街の中心部から少し離れており、周囲にレストランの類は少ない。その為、高校生だけでなく一般客もホール内の施設を利用する者が多く、三つあるレストランはどれも満席になっていた。

こうなるのは、去年の経験からも予想されていた。初回だった去年は、ランチ難民になる代表チームが発生した程だった。その教訓を各校とも忘れていない。弁当持参の常識的な対策を取った学校が多かったが、中にはキッチンカーを用意した学校、さらには来場者向けの屋台を出して小遣い稼ぎをしているちゃっかり者もいた。

一高は常識組だ。奈良市内の業者に前以て注文し東京から乗ってきた車で取ってきた弁当を、プレゼン用の機材置き場として各校に割り当てられた部屋で食べていた。代表チームの分だけでなく、九校フェスの運営に関わっていた生徒の分もあったので、アリサや茉莉花もランチ難民にならずに済んだ。

「――ご馳走様。そう言えば外では、色々屋台が出ているみたいだね」

箸を置いて手を合わせた茉莉花がそんなことを言い出した。

「……まだ食べるの？」

アリサが箸を動かす手を止めて、呆れ声で応じた。

「違うよ！」

呆れ声だけでなく冷たい視線まで向けられて、茉莉花は勢い良く頭を振った。

「屋台って他校の生徒も出しているんでしょ。どんな物を売っているのか、興味があるだけ」

「見るだけ？」

「……うん、見るだけ」

茉莉花の回答には無視できないタイムラグがあった。

「本当に？」

「本当」

アリサと目を合わせるのを、茉莉花は微妙に避けた。

アリサは完全に食事を中断して茉莉花をじーっと見詰めている。

「……もしかしたら、デザートくらいは」

茉莉花は遂に根負けした。

アリサが大きくため息を吐く。

「一つだけだよ」

結局、アリサは茉莉花に甘かった。

「それ以上は太るからね」

「うぐっ！」

ただ、釘を（止めを？）刺すのは忘れなかった。

アリサがお弁当を食べ終えたのは最後だった。彼女は自分の分だけでなく全員の後片付けを始めた。

アリサが食べ終えるのを待っていたのか、明と茉莉花もすぐに手伝う。

一通りきれいにしたところで、アリサは「勇人さん」と声を掛けた。

「少し、外に出てきます」

「いや、一人で行動するのは」

勇人が「危険だ」と言い終える前に、アリサは「ミーナと一緒ですから」と先回りした。

「しかし女子だけでは……」

勇人の歯切れが悪くなっているのは、事情を知らない愛茉たちから「シスコン？」や「シスコン！」という目を向けられていたからだ。

当事者のアリサにも「過保護では？」と多少、鬱陶しく思う部分があった。

「少しだけです。すぐに戻ってきますので」

アリサはにこやかな笑顔で勇人の小言を封じて、茉莉花と一緒に部屋から出て行った。

◇　◇　◇

早馬は昼食を勇人たちと一緒に食べなかった。ホールの外で屋台巡りをしていた。ジャンクフードが好きだから、ではなく、食べ歩きをしながら然り気無くマフィア・ブラトヴァ一味の侵入を探っているのだ。

ランチ休憩六十分の三分の二が経過した。惣菜パンを片手に——そのパンがピロシキだったのは彼の意識的な皮肉だ——ホールの外側を一回りして正面エントランスに戻ってきた早馬は、心の中で「おいおい……」と呟いた。

彼の視線の先ではアリサが茉莉花と肩を並べて、ホールのエントランスから屋台の方へと歩いていた。

(勇人は一緒じゃないのか？　自分が狙われているのは知っているだろうに！)

早馬には信じ難い警戒感の欠如に見える。

確かにこれまでの情報どおりマフィア・ブラトヴァの狙いがアリサを研究発表会を舞台にした暗殺の道具に仕立て上げることなら、決行当日とされている今日はもう狙われないだろう。だがマフィア・ブラトヴァの暗殺計画が今日だけとは限らない。いや、今日だけと決まっているわけではない、と考えなければならない。

虜囚を訊問して得た情報では、今日の暗殺の為にアリサを一味に引き込もうとしているとのことだった。だが暗殺に利用するなら、今日である必要は無い。確かにアリサを司波達也に接触させるには、この九校フェス最終日の研究発表会が絶好の機会と言える。だがアリサには一高の先輩・後輩という関係性以外に同じ十師族という縁もある。

今日になったら狙われない、今日が過ぎたら狙われないと考えるのは早計。迂闊だ。今日を過ぎても、アリサが有効な手札となり得る限り拉致洗脳のリスクは続いている。

……というのが早馬にとっては常識的な思考なのだが、裏社会とは無縁に育っているであろうアリサにそこまで求めるのは、酷だと彼も思う。しかし、だ――。

(――勇人まで暢気すぎるだろう!)

首都防衛の切り札・十文字家の、養子とはいえ次男。現当主の従弟で、現在の当主・十文字克人に万一のことがあれば次の当主となる可能性が最も高い勇人が、この程度の危機感も持ち合わせないというのは信じ難いことだった。

「じゅ――」

アリサを呼び止めようとして、早馬は思い止まった。アリサを監視する、何処からとも分からない視線を感じて。

（誰だ――？）

（何処からだ――？）

（何時から……何時から見られていた？）

その視線はアリサだけでなく、早馬も見張っていた。見張られていた。彼が気付く、ずっと前から――。

その視線に気付いたのは自分の力ではない。それが分かるから余計に、早馬は動けなかった。監視の目に気付いたのではない。気付かされたのだ。余計なことはするな、という牽制と警告だった。

早馬はそれを、無視できなかった。

◇　◇　◇

高校生をターゲットにしているのか、多目的ホールの周りにはスイーツの屋台がそこそこ多かった。軽食と併売している所もあれば、スイーツ専門の屋台もあった。

チョコバナナやリンゴ飴のような屋台の定番スイーツは少ない。チョコバナナは二軒、リンゴ飴を置いている屋台は一軒だけだった。それに対して場所柄からか和菓子系、餡子物のお菓子が多かった。

「ねえ、アーシャ……。何だか、見られていない？」

「太る」という指摘を気にしたのか、小さな鯛焼きを一つだけ手にした茉莉花がアリサに、訝しげな顔で訊ねた。なおアリサは食べ物を買わず、ホット抹茶オレのカップを手に持っている。

「……ごめん、私には分からない」

アリサは眉を顰めて六感を研ぎ澄ませ、しばらくしてギブアップを宣言した。魔法的な力や波動ならばアリサの方が敏感だが、単なる視線となると茉莉花の方が鋭い感覚を持っているということだろう。

「でもミーナがそう言うなら、早く戻った方が良さそうだね」

アリサは元々臆病な質だ。その上、自分が狙われていることを忘れていなかった。勇人や早馬が思っていた程、現状を甘く見てもいない。仮に「見られている」というのが茉莉花の勘違いだったとしても構わないから、用心を優先することにしたのだった。

「まだ外に出たばかりだけど……その方が良さそうだね」

茉莉花も自分のことならともかく、アリサが危ない目に遭うかもとなれば安全第一に異存は無い。物足りないという後ろ髪を引かれる思いを残してはいたが、行動に躊躇いは無かった。むしろアリサを引っ張っていく勢いで一緒に、勇人たちがいる控え室に戻っていった。

◇　◇　◇

この多目的ホールは和風の楼閣をデザインに取り入れている。三階部分には回廊状のバルコニーが設けられていた。

そこに、早馬を脅かし茉莉花を悩ませた視線の主がたたずんでいた。小柄な人影で客観的に見ればハッとするような美女だが、壁に、いや景色に溶け込んで存在感が極めて希薄だ。

そこにいると意識して目を向けても、視認できないかもしれない。闇雲に探すだけでは、まず間違いなく見付けられないだろう。

事実、美女の身体は下半身こそ柵の間から見え隠れしているが、胸から上は全く隠れていない。それなのに、まだ監視されている早馬は彼女を発見できていない。

「驚いた。まさか気付かれるなんて」

セリフに反し、然して驚いた様子も無く美女——黒羽亜夜子が呟いた。エントランスにアリサと茉莉花の姿が消えたのを見届けて、亜夜子はバルコニーの反対側に移動する。そこで携帯端末を取り出し、弟の文弥に電話を掛けた。

『姉さん？　ちょっと待って』

「文弥？」

通信回線の先から、何やら慌ただしい雰囲気が漂ってくる。何か不測の事態が起きたのか、と身構えた彼女の耳に、いないはずの人物の声が届いた。

『亜夜子、ご苦労様』

「達也さん!?」

文弥が電話を替わったのは、暗殺者に狙われている達也本人だった。

『核爆弾については処理が終わった。もう心配しなくていい。現在文弥は盗まれた核物質の残りとその窃盗犯確保の指揮で手を取られているから、電話は俺が替わってもらった』

「それは……態々ありがとうございます。あの、爆弾は達也さんの魔法で?」

『いや、結局核爆弾の心配は杞憂だった。工作員は濃縮に失敗して臨界に必要なウランを確保できていなかった。それを今朝になって魔法で無理矢理使える状態に加工しようとしていたので、所在が特定できた』

「そうだったのですか……」

『濃縮済みのウランもバリオンレベルに分解済みだ。中性子が撒き散らされてしまったが、エネルギーが低いので影響は狭い範囲に留まった。犯人たちは放射線障害に苦しむだろうが』

「自業自得ですわ」

薄情なようだが、核兵器テロを引き起こそうとした凶悪犯に向ける同情を亜夜子は持ち合わせていない。

『ただ、切り札と思っていた核を失ったやつらが、その会場で暴発するかもしれない。無差別テロの恐れがある。気を付けてくれ』

「……あの、達也さんは今どちらに？」

ふと亜夜子は、達也が遥か遠くの世界、例えば天上の玉座から自分たちを俯瞰しているような錯覚を覚えた。

『文弥と一緒だが、何故そんなことを？』

「そ、そうですよね」

達也は文弥の端末を使って亜夜子と通話している。少なくとも文弥と端末の手渡しができる距離にいるのは、改めて確かめるまでもないことだった。

「すみません、おかしなことをお訊ねして」

『――すまないが、俺はこれで東京に戻る。後を任せても良いか？』

おそらく達也が対処に乗り出せば、マフィア・ブラトヴァ一味は何もできずに終わるに違いない。達也にとっては朝飯前どころか、指一本を動かす程度の労力でしかないはずだ。

そうしないのは、何か亜夜子が知らない理由があるのだろう。それにこれは黒羽の仕事だ。最初から達也を煩わせるつもりは無かった。核の対処に力を借りるだけで、亜夜子としては心苦しいことだった。

「もちろんですわ。お任せください」

亜夜子の声には、必要以上に力が入っていた。

◇◇◇

午後の発表が始まった。午前中に五校の発表が終わり、残るは四校。一高は午後の三番目。もうすぐ始まる午後のトップバッター、三高の発表が終われば控え室でプレゼンの準備に取り掛からなければならない。

本当は今から準備を始めたいところだが、セッティングにも順番がある。午後一番の発表が終わるまでは客席に座っている以外に無かった。

三高のプレゼンが始まる直前、具体的には一分前。客席にざわめきが走った。魔法大学関係者の招待席の辺りがその焦点になっている。

明が輝かせた瞳から期待を溢れさせて振り向いた。アリサと茉莉花は純粋な、言い換えれば単なる好奇心でそれに続いた。

「ああっ……！」

感極まった声を上げて、それきり明がフリーズする。その様子だけで、アリサも茉莉花も何が起こったのか察しが付いた。

明が待ちに待った、彼女の憧れの人。司波達也が来場したのだろう。

もうすぐ発表が始まるというのに明は後ろを向いたままだが、誰かの迷惑になっているわけではないので放置で良いだろう。むしろ無理矢理再起動させる方が発表の邪魔になると考えて、アリサは自然解凍に任せることにした。

アリサ自身は正面のステージに向き直りながら、たった今覚えた違和感に付いて考えていた。

「……アーシャ。あの人、本物なのかな？」

隣から茉莉花が疑問を囁く。茉莉花も同じ違和感を覚えたのだとアリサは分かった。

「ミーナ、その話は後で」

だが自分の考えが正しければ、これからとんでもないことが起こる可能性がある。

他校の発表中に、客席で話せることではなかった。

◇　◇　◇

三高の発表が終わり、アリサと茉莉花は愛茉たちと一緒に客席を後にした。二人は代表でもアシスタントでもないので客席を出る必要は無かったのだが、自然に席を立てる機会を待っていたのだった。

アリサ、茉莉花に勇人を加えた三人は人気の無い場所を求めて歩き回り、三階のバルコニーにたどり着いた。偶然だが、先ほど亜夜子がアリサたちを見張っていた場所だ。

「ここなら良いだろう。アリサ、話したいことというのは？」

勇人は「他人に聞かれたくない話がある」と言われて連れてこられただけで、用件は聞いていなかった。

「その前に一つ質問しても良いですか？」

アリサは勇人の問いに答える代わりに、そう訊ねた。

「構わない」

「ありがとうございます。勇人さんは来賓席の司波先輩を、本物だと思いますか？」

アリサと、彼女の横でずっと黙っている茉莉花が真剣な目付きで勇人を見詰める。

「俺は司波先輩のお姿を拝見していないが……、そういう質問をするということは、アリサは別人だと考えているんだな？」

「私は司波先輩のことをほとんど存じ上げませんけど、来賓席に来られている方は、伝え聞くほど凄い人に見えないんです。内包するエネルギーが少ない気がします」

「内包するエネルギーか……。俺には良く分からない感覚だが、遠上さんも同じ意見か？」

勇人が茉莉花に目を向ける。

「あたしも別人だと思います。凄みが感じられません」

茉莉花の意見は、アリサのものよりも断定的だった。

「そうか……」

勇人が黙り込む。彼は二人が言ったことを疑っているのではなく、それが意味するところを考えていた。

「……四葉家が司波先輩の影武者を送り込んできたのだとしたら、状況が悪化しているということだろう」

「マフィアなんたらが騒ぎを起こそうとしているということですか？」

マフィア・ブラトヴァの名称を正確に覚えていない茉莉花が切迫した声で訊ねる。

「勇人さんも、そうお考えなのですね」

アリサが客席で茉莉花を制止したのは、真っ先にこの可能性を考えたからだった。四葉家が影武者のテストの為に、最初から達也の偽物を九校フェスに送り込んでくるつもりだったとアリサたちは知らない。彼女は四葉家が高まったリスクを避ける為に、ＶＩＰに身代わりを立てたと考えていた。

「……とはいえ、俺たちの方からできることは無い。対策と言っても気を抜かないくらいだ」

「十文字家は動いてくれないんですか？」

茉莉花が非難を込めて勇人に訊ねる。

「俺がアリサの護衛だ。十文字家として、これ以上のことはできない。犯罪の取り締まりは警察の領分だ。怪しいというだけで手出しは許されない」

勇人の言っていることは正論だ。茉莉花も、文句を付けられなかった。

「……いや、少し待ってくれ」

しかし勇人自身も納得できていなかったのか、端末を取り出して何処かに電話を掛け始めた。スピーカーモードではないので、何を話しているのか分からない。だが勇人が喋る声から聞こえてきた「クドウ」や「アスカ」という名前にアリサは覚えがあった。

「勇人さん、九島家に協力を請われたのですか？」

「うんっ？　聞こえていたのか？」

「九島家や朱夏さんのお名前だけ……すみません、盗み聞きのような真似をして」

「すみません」と言いながら、アリサには余り悪びれた様子が無い。アリサとしては「聞いた」のではなく「聞こえた」だけだから、盗み聞きではないという意識なのかもしれない。

「いや、隠すことでもないしな」

勇人もその点は気にしなかった。

「九島家もマフィア・ブラトヴァの跳梁には気付いて対応していたらしい。司波先輩の暗殺工作についても知っていた」

「ではご助力くださると？」

「ああ。九島家を始めとする各家も暗殺に備えて既に人員を配置しているそうだが、それをすぐに増員すると約束してくれた」

「そうですか……」

一安心という表情を見せたアリサの袖を茉莉花がチョイチョイと引っ張る。

「各家って？」と訊ねる茉莉花に、アリサが「九」の各家について簡単にレクチャーした。

「人を増やしてくれるのはありがたいと思いますが、それで間に合うんですか？」

フムフムと頷いていた茉莉花はアリサから説明を聞き終えてすぐに、効果を疑う問い掛けを勇人に向けた。

「完全にテロを防ぐことは考えない方が良い。俺たちの最優先事項はアリサを守ることで、次が一高生に被害が及ぶのを防ぐことだ。本来の目的を見失って手を広げすぎると、本当に大事なものまで手の中から零してしまうぞ」

非情にも聞こえる勇人のセリフ。

「そうですね」

しかし茉莉花は、迷わずそれを受け容れた。

「司波先輩の影武者は自分たちで何とかするだろうし、あたしたち以外にも魔法師がいっぱい来ているんだから、何かあっても自分で何とかしますよね」

茉莉花の口調には、自分に言い聞かせているような感じも自分を誤魔化しているような印象も無かった。

「あっ、もちろんアーシャのことはあたしが守ってあげるからね！」

アリサはそこまで割り切れなかった。だが善意のみで罪の意識など欠片も見当たらない茉莉花の笑顔を前にしては、「うん……」と頷く以外になかった。

◇◇◇

「九」の各家、特に九島家は、その立場的に茉莉花や勇人のように割り切ることができなかった。テロを起こされた時点で、彼らは大きなダメージを負うからだ。誰であろうと犠牲者が出れば九島家の負け戦となる。

この条件を抱えている朱夏は、勇人から「四葉家が達也の身代わりを派遣してきた」と聞いてショックを受けた。彼女も四葉家の思惑を知らない点では、勇人やアリサと変わりはない。影武者の派遣を「テロのリスクが高まっている為」と当たり前に解釈した。

「急いで九校フェス会場に増員を派遣して！」

焦った口調で配下に命じ、その勢いで兄の玄明に電話を掛ける。

「兄さんっ！」

『朱夏、何かあったのか？』

「兄さんは四葉家から何か聞いている!?」

『何か、と言われても……お前も知っている話しか聞いていないが』

達也が暗殺の標的になっていること、その達也が九校フェスの研究発表会を聴きに行くことは、九島家にあらかじめ伝えられていた。

「四葉家が影武者を送り込んできたと、十文字家が報せてくれたわ」

『十文字家が？　……そうか、あそこの兄妹が現場にいるのだったな』

「そんな、暢気に構えている場合⁉」

朱夏が声を荒らげる。

『分かっている。落ち着け。四葉家はテロのリスクが高まっていることを知り影武者を送り込んできたのに、それを我々に報せなかった。お前はそう言いたいのだろう？』

「分かっているならすぐ、四葉家に抗議してちょうだい！」

朱夏は八つ当たりの語調でそう言って、兄との通話を切った。

◇◇◇

自分たちさえ良ければ、と割り切れない者は一高生の中にもいた。

早馬もまた、来賓席の「司波達也」が偽物だと気付いた。

(四葉は何を考えている？　態々影武者を寄越したのは何故だ？)

そして彼は、その意図が理解できずに悩んでいた。

早馬は、アリサたちや九島家の兄妹のように「テロのリスクが高まったから身代わりを送り込んできた」とは考えていない。

テロを恐れるならば、来場を取り止めれば良いだけだ。

四葉家が「テロリストを恐れているようには見られたくない」などという虚勢を張る一族とは、早馬には思えなかった。

それ以上に「あの司波達也が暗殺者ごときを恐れるなどありえない」と彼には思われた。

四葉家の思惑が分からない。

早馬にはそれが、マフィア・ブラトヴァの動向以上に不気味だった。できることなら鈴里あたりを通して安西が摑んでいる情報を聞きたかった。相手が四葉家だろうと、四大老を相手に企みを隠し通せるはずはないからだ。

早馬はそう信じていた。主の権力をそこまで盲信していた。

しかしそんなことを訊ねるのは、自分の能力欠如を申告するようなもの。目となり耳となるのは、手足になるのと同様に早馬の役目だ。早馬が安西の為に情報を届けなければならないのであって、その逆ではない。

彼は今、自分を見張っていた謎の視線という不安材料も抱えている。敵ではない、とは思うが、味方とも思われない。

あの視線はアリサを尾行しようとした自分を牽制した。その点だけを取り上げて考えれば、視線の主は十文字家の護衛とも考えられる。だが早馬はその可能性を直感的に否定している。

諜報活動が苦手な十文字家の魔法師なら、もっと早く自分の方から気付いていたという自信が早馬にはあった。

疑心暗鬼に呑まれそうになっているのを自覚して、早馬は一先ず考えるのを止めることにした。答えが出ない謎は棚上げにして、暗殺工作員一味を探すことにした。

公安は昨夜の男から「司波達也の爆殺を企んでいる」という情報を絞り出した。二年半前の師族会議を標的にした『箱根爆弾テロ』を受けて、爆発物を探知するセンサーが都市部に高い密度で配備されている。大型の爆弾であれば、そのセンサーに引っ掛かるはずだ。それはマフイアが国内で雇い入れたテロリストも理解している。「理解しているはず」でも「理解しているに違いない」でもない。確実に「理解している」。

故に使用する爆弾は小型、もしくは超小型。盗まれたウラン鉱石のことを知らない早馬は、敵の手を自爆テロだと結論した。

――センサーに引っ掛からない超小型爆弾を抱えて客席の達也（の影武者）に近付いて自爆し、周りの聴衆ごと爆発に巻き込む。

早馬は重要な知識を持たなかったが故にこそ、偶然、正解にたどり着いた。

◇◇◇

バルコニーでの密談を終えたアリサ、茉莉花、勇人の三人は客席に戻らず、代表チームがいる控え室に行った。

「発表はステージの袖で見せてもらっても良いですか？」

勇人が三人を代表して愛茉に訊ねる。

「うん。全然オッケーだよ」

愛茉は言葉の用法的に怪しい返事をして、それから少し訝しげに小首を傾げた。

「でも、いきなり何で？」

「その、客席に変な人がいて……」

アリサが咄嗟に脚色した理由をでっち上げた。確かに暗殺者が客席に紛れ込んでいるとすれば「変な人」だが、アリサのような美少女高校生が口にすれば違う意味に解釈されるのは明らかだった。

「あーっ、成程ぉ……。アリサちゃんは目立つものねぇ」

そして必然的にと言おうか、愛茉はアリサが注文したとおりの方向に誤解した。

「手出しをされなければ実力行使もできないか」

この指摘も愛茉は違う意味で言ったのだが、正鵠を射ていた。

「了解了解。以前の論文コンペと違ってフェスの発表会に人数制限は無いからね。何も問題無いよ」

「ありがとうございます」

愛茉にすまなそうな表情で頭を下げるアリサ。騙している罪悪感はあったので、表情を作る必要は無かった。

「そういうことだったら茉莉花ちゃんもここにいた方が良いね」

「お言葉に甘えます」

茉莉花がキビキビと頭を下げる。この仕草は九校戦でも良く見られたものなので、愛茉は違和感を持たなかった。

◇◇◇

七番目の発表が終わり、一高のチームがプレゼン装置のセッティングを始めた。その中にアリサと茉莉花の姿を認めて、早馬は軽く安堵した。

客席とステージは離れている。来賓席で騒動が起こっても、ステージまで波及する可能性は低い。勇人はそれを狙って、アリサたちをステージ脇に連れて行ったのだろう……と早馬は理解した。

来賓席の近くには、VIPを守る為の警備員が立っている。その中に一人、不審人物が紛れているのに早馬は気付いた。他の警備員は気付いていないが、早馬は工作員が他人になりすます際に用いる特殊メイクの見分け方を知っていた。安西の側近となるべく身に付けさせられた技術だ。来賓席の古葉敦也を達也の影武者と見抜いたのも、この技術によるものだった。

今のところ、他に顔を偽っている人間は見当たらない。一人目はあの偽物警備員と見て間違いないだろう。

プレゼン装置の準備が終わり、愛茉がステージに上がった。

客席から雑音が消える。

「お待たせしました。第一高校の研究発表を始めます」という司会者の紹介に続いて、愛茉の発表が始まった。

映画と違って客席がすぐに暗くなったりはしない。だが愛茉は発表の途中でプロジェクターの使用を申請している。

その際に、客席の照明は落とされるはずだった。

◇　◇　◇

愛茉（えま）の発表テーマは『魔法的ＶＲ体験』という、ゲーム会社のキャッチコピーのようなものだ。もっとも魔法が実現したこの社会で「魔法的」というフレーズは、むしろ色褪（いろあ）せてしまった感はあるが。

内容はもっと真面目にゲーム的なものだった。論文コンペの伝統を受け継いで学問的、実用的なテーマが多い研究発表会の中では、異彩を放っていた。

「このように重力制御魔法で無重力状態を維持することにより限られた足場という制限を――」

魔法を利用したＶＲシステムの説明をしている愛茉（えま）の横では、テスターが細い縦棒のみの柵に囲まれた円壇の上に浮いていた。

浮いていると言っても、中断してしまっている有人宇宙飛行の映像や、自由落下体験の映像に見られるようなフワフワとした頼りなさ、不安定さは感じられない。空中の足場をしっかり踏みしめている印象だった。

「視覚と聴覚の分野では、ＶＲシステムは早い時期に完成しました。触覚もその二感覚に比べれば時間が掛かりましたが触原色――触覚三原色理論の応用によりほぼ完成と言えるレベルに至っています。しかし現実そのもののVR体験には、不足している要素が残っています。運動実感です」

愛茉が一端言葉を切り、テスターを浮かせていた重力制御魔法が中断する。それによってテスターは、VRゴーグルを着けたまま円壇に足を下ろした。

テスターが円壇の上で歩き始める。そのスピードに合わせて円壇の床が動きテスターの位置を保った。

「このように歩行のリズムと速度に合わせて床をスライドさせることで、システムの被験者は擬似的に『歩いている』という錯覚を得ます。しかし、これをご覧ください」

ここで発表ステージの背後に人体のシルエット映像が映し出され、客席の照明が落ちた。

客席が薄闇に包まれる。完全な暗闇ではないが、聴衆の視界は大幅に制限された。

「この映像は被験者の皮膚と筋肉に作用している加速度を視覚化したものです。左側が実際に歩いたケースの録画映像で、右側が現在VRシステムの自走ベルトの上で歩いているリアルタイム映像です」

愛茉の声をBGMにして、早馬は認識阻害魔法［滑瓢］を発動した。最初から通路際の椅子に座っていた早馬がそっと席を立つ。

「ご覧のとおり、わずかではありますが実際の歩行で負荷となっている加速度が、自走ベルト上の歩行には存在しません」

聴衆の目がスクリーンに集中する中、早馬が通路を客席の後方へ歩いて行く。聴衆は誰も早馬に目を向けない。

「このわずかな負荷の欠如が、自分が動いているという実感の不足を被験者にもたらすのです」

客席の最後部に到達した早馬はそのまま壁際を進み、来賓席に近付いた。

来賓席を守る警備員は、予定に無い早馬の接近に反応しない。

「この負荷をVR触覚で近似的に代替することは可能です。しかしそれはあくまでも全身で感じている負荷を皮膚上だけで再現するもので、運動が激しさを増す程に、言い換えればスピーディでスリリングな体験を追い求めれば追い求める程に、違和感は大きくなっていきます」

愛茉がそう言い終えると同時に、テスターの身体が再び空中に浮かび上がった。

早馬は、彼が「怪しい」と目を付けた警備員の背後に立った。

「そこで私たちは加重系魔法により、欠けている運動実感を補うことを試みました」

客席に小さなどよめきが走った。

早馬は容疑者の肩を軽く二度、叩いた。

偽警備員と思しきその男は慌てて振り返った。

特殊メイクで別人のものになっている顔に驚愕の表情が浮かんでいる。

早馬が容疑者の目をのぞき込んだ。

偽警備員は叫ぶ形に口を開いたまま無言で硬直した。

早馬が仲の良い友人にするように、容疑者の背中に手を当てて歩き出した。

偽警備員は全く逆らわずに、早馬と歩調を合わせて客席の出口に向かった。

ステージでは、加速系魔法を使ったデモンストレーションが披露されていた。

◇◇◇

警備員と一緒に退出する早馬に、客席の聴衆は誰も気が付いていなかった。

（誘酔先輩、何してるんだろ……？）

だがステージの袖にいた茉莉花は、警備員と一緒に客席から退出する早馬を視認していた。

茉莉花は最初、早馬が警備員に連れ出されているのかと思った。一体何をしでかしたのか、と呆れた。

だがすぐに、事実は逆だと気付いた。早馬が警備員を客席から連れ出していた。

（……あっ、もしかして！）

その様子に頭を捻っていた茉莉花は、あれは警備員に変装したテロリストで早馬はそれを見抜いたのではないかと、早馬が扉を開けた時に思い至った。

（こうしちゃいられない――！）

茉莉花はテロリストを取り押さえた早馬の加勢に行こうとした。

(――ってわけでもないか)

だがすぐに思い直した。つい先程、勇人に言われたことだ。

茉莉花の最優先事項はアリサを守ること。テロリストを警察に突き出すことではない。

早馬は特に苦労しているようには見えなかったし、仮に抵抗されて逃げられそうになったとしても、それで早馬が怪我を負ったとしても、茉莉花にとっては後回しで構わないことだ。

アリサの側を離れる理由にはならない。

「ミーナ、どうしたの?」

緊張と弛緩を忙しく切り替えた茉莉花に訝しさを覚えたのだろう。アリサが小首を傾げて茉莉花に訊ねた。

「ううん、何でもない」

茉莉花はその質問に、言葉どおりの「何でもない」という表情で首を横に振った。

◇◇◇

「おいっ、君!」

廊下に出た早馬はスーツ姿の若い男性に呼び止められた。客席の扉が閉まるのと同時に「滑瓢」は解除していたので、見咎められたことに違和感は無い。

その若い男は、警備員でも私服刑事でもなかった。

早馬はその男の顔を知っていた。「九」の一つ、九鬼家の長男だ。今年二十七歳になったと早馬は記憶していた。

「お疲れ様です。僕は第一高校風紀委員長の誘酔早馬と申します」

早馬は偽警備員の意識を精神干渉系魔法で拘束したまま、機先を制して名乗った。

「警備員に変装した不審者を発見しましたので、僭越かと思いましたが拘束しました」

「そ、そうか。ご苦労だった。私は師補十八家の九鬼圭祐だ。会場の警備を手伝っている」

「そうでしたか。ではこの不審者をお任せしても良いですか？」

好青年を装って、早馬は九鬼圭祐にそう申し出た。

早馬は九鬼家が魔法協会に雇われたホールの警備員とは別々に動いていることを知っていたが、「会場警備の手伝い」という相手の主張を信じ込んでいる振りをした。

「無論だ。任せてくれ」

「申し上げるまでも無いと思いますが、身体検査は徹底した方が良いですよ」

「そうしよう。忠告、感謝する」

早馬は偽警備員の意識を縛る魔法に時間制限を掛けて九鬼家長男に引き渡した。

工作員の捕獲人数などで功績を競うつもりは、早馬には無かった。彼の主、安西はそんな小さな成果で配下を評価しないと知っているからだ。

暗殺者を引き渡してフリーハンドを確保した早馬は、次の暗殺者を捜しに客席へ戻った。

◇　◇　◇

愛茉の発表は大喝采の中、幕を閉じた――とは行かなかった。聴衆の反応は絶賛と戸惑いに二分されていた。

「――うんうん、良い感じ。プレゼンは成功だね」

しかしステージを降りた愛茉は、完全に満足そうだった。

「……理解していただけない方もいらしたようですね」

「ノンノン、それで良いんだよ」

気遣わしげな口調で話し掛けてきたアリサに愛茉は上機嫌な笑顔で、立てた人差し指を左右に何度も振って見せた。

「あっさり理解されたらむしろ失敗だった。拍手はもっと疎らなくらいの方が『狙いどおり！』だったよ」

その意味では物足りなかったね、と言いながら彼女は丸切り悔いの無い笑みを浮かべていた。

「すみません、良く分かりません……」

アリサには愛茉の真意が理解できなかった。

「アリサちゃんには分からないか。明ちゃんは理解してくれるんじゃないかなぁ」

そう言って愛茉は、司波達也が座っているはずの来賓席をチョコンと指差した。

「魔法の発見以来、今世紀の魔法は長いこと戦争の道具だった。司波先輩はその風潮に異議を唱えて、恒星炉という世紀の大発明で『魔法は兵器』という常識に大きなひびを入れた。皮肉なことだけど司波先輩が活躍しすぎた所為で魔法＝兵器という常識が木っ端微塵になるまでには至らなかったけど。それでも司波先輩が恒星炉事業をこのまま軌道に乗せれば、魔法は主として生活を豊かにする為の技術になる。兵器としての役目は副次的なものになる。司波先輩はそういう風に、私たち魔法師の宿命を変えてくれた」

愛茉の大袈裟とも思われる讃辞に、明は何度も大きく頷いた。

「――でもあたしは魔法って、真面目な用途にしか使えないものだとは思わないの。何時かも言ったけど、魔法ってもっと夢があるものだと思うんだ」

愛茉は正しく夢見る瞳で虚空を見上げた。彼女が見ているものは夢、あるいは未来だったかもしれない。

「今回の『魔法的VRシステム』は魔法で遊ぼうっていうコンセプトの第一弾。でもそれはこれまでの、『魔法ってこういうもの』という概念に反するものなの。それこそ、正反対と言っても良いくらい。ううん。斜め上、なのかな」

夢見る眼差しをしていた愛茉がアリサに視線を戻して、ニカッと悪戯小僧の笑みを浮かべた。

「だから、皆が皆、すぐに理解できるはずがないんだよ。頭の固い爺どもに分かってたまるか、って思ってる」

「はぁ……」

「いやーっ、論文コンペじゃなくて良かった。さすがに優勝を争う舞台だったら、こんなテーマは選べないからね」

愛茉が「最初から万人受けは狙っていない」とばかり、あっけらかんと笑う。

アリサは正直、愛茉に呆れていた。とんでもないことを考える人だと思った。

しかし同時に、素敵な考え方だとも思った。彼女のような人物ばかりでは社会が立ち行かないだろうけど、彼女のような人も社会には必要だと感じた。

愛茉のような人間が活躍できる社会こそが、健全な世の中と言えるのではないか……と考えた。

◇　◇　◇

夢追い人が想像（創造）の翼を羽ばたかせる一方で、地に足をつけ現実に立ち向かう人々もいる。暗闇を手探りで突き進む者たちもいる。斯様に、アリサの感覚は間違っていない。

その暗闇を突き進む者たちの奮闘は、大詰めを迎えようとしていた。

九校フェス会場につながる道には、何台もの自走車が乗り捨てられていた。故障ではない。事故でもない。自走車はどれも、整然と路肩に停められている。

ただ奇妙なことに、どの自走車もロックされていなかった。どの車も、前世紀的な表現を使えば「キーが挿さったまま」だった。つまり、誰でも運転して持って行ける状態だったのだ。

まるで運転手を含めた乗員が神隠しに遭ったような有様だった。警察的には誘拐が疑われる状況だが、誘拐だとすると自走車を現場に残していった意味が分からない。ナンバーで足が付くのを避ける為だとしても、取り敢えず人目に付かない所まで車を動かすのではないだろうか。

それに、道路に沿って多数配置されている街路カメラに犯行現場が全く映っていないというのも謎だった。いや、犯行現場どころか失踪現場自体が映っていなかった。

さらに不可解なのは、自走車に誰が乗っていたか分からなかったことだ。走行中の映像には記者らしき人影が車の中に映っている。だが車の持ち主にマスコミ関係者はいなかった。自走車はどれも盗難車。今日盗まれたばかりでオーナーが盗難に気付いていなかった物も多かった。

ただ一つ、街路カメラは乗員が消滅する直前に砂嵐のような不調に見舞われていたという共通点があった。

一時的にカメラを麻痺させる未知の技術を使った集団誘拐事件。

警察は後に、そう結論した。

九校フェスの展示エリアには、既に展示物が片付けられた空のプレハブ小屋があちらこちらに残っている。その誰もいないはずの小屋の一部に、完全に拘束された人間や気を失った人間が運び込まれていた。

一軒だけではない。九軒の小屋でそのような異常事態が見られた。

それを発見したのは、テロを警戒して九校フェスの会場に急行した「九」の配下たちだった。状況が状況だけに彼らは自分たちで、捕らわれていた者たち——男性が多かったが女性もいた——を処理しようとせず、誘拐監禁の嫌疑を掛けられないよう証拠映像を撮った上で警察を呼んだ。

警察は真っ先に、小屋に捕らえられていた人々を乗り捨てられた自走車の乗員ではないかと疑ったが、それは希望的な推測に過ぎなかった。彼らが乗ってきた自走車は、会場の駐車場に揃っていた。

彼らはいったん警察病院に引き取られたが、取り調べの結果翌日には逮捕に切り替わった。全員が武器や小型爆発物を所持しており、半数以上がテロリストとしてマークされている危険人物だったからだ。

一部の者は取り調べに「M●Bに襲われた」と証言したが、血液中から薬物が検出された為に錯乱状態で見た幻覚と処理された。

◇◇◇

「……お片付けはこれで全部かしら？」

マフィア・ブラトヴァ一味の内、ロシアから密入国した本隊のメンバーをワゴン車の荷室に詰め込む黒服黒眼鏡の部下を見ながら、亜夜子は合流した文弥に話し掛けた。

「うん、これで全員だ。『九』や安西の部下にくれてやった小物以外に、漏れは無い」

「そう。じゃあ、撤収しましょう」

「そうだね。起爆装置を外しているとはいえ、爆薬もさっさと処分したいし」

文弥と亜夜子はこの一時間で、奈良を舞台にした暗殺計画に関わっていたマフィア・ブラトヴァ一味を全て狩り尽くした。早馬や朱夏が一部を既に捕らえていたが、それ以外の殺し屋は黒羽の黒服部隊が拘束し、連れ去り、重要性が低い者は動けなくして警察の手に渡るよう放置した。一方、重要な情報を持っている可能性がある者は持ち帰り用に選別して確保した。

「結構手間だったけど、終わってみれば呆気なかったね」

「そうかしら。途中で核兵器テロの可能性があると聞いた時はヒヤヒヤしたわ」

「あれには僕も参った。危険物の保管にはもっと注意してくれないと……。いっそのこと、全部僕たちで管理したいとさえ思っちゃったよ」

「えっ？　嫌よ、そんなこと。面倒臭いじゃない」

「それはそうなんだけどね……。不手際(ふてぎわ)の後始末をさせられるのに比べたら、そっちの方が楽かなって」

「困ったものね……」

「本当だよ……」

　最後は愚痴を零(こぼ)しながら、亜夜子(あやこ)と文弥(ふみや)はお土産の殺し屋と同じ自走車で、まずは実家の豊橋(とよはし)に向かった。

## 【9】日常回帰

九校フェスが終わって、一高内の空気は平常に戻った。

フェスの直後という事情を鑑みて、学校側も今月の月例試験は中止にしている。過度に追い立てられなかったことが、かえって好循環になったのだろう。生徒たちはお祭り気分から速やかに抜け出して、勉学に、課外活動にマイペースで勤しんでいた。

ただ、生徒会室には修羅場が出現していた。

「ココナ、コーヒーを濃いめで頼む」

「かしこまりました」

「こっちにも頼む！」

「はい、ただ今」

勇人と一二三が秘書業務自動機インターフェイスの女性型ロボット・ココナに眠気覚ましのコーヒーを依頼した。

依頼しながら勇人も一二三も端末の画面から目を離さない。食い入るように見詰めながら画面をスクロールしている。

ココナが「どうぞ」と言いながらカップを置いても目を向けない。手探りで持ち手に指を通して口に運んだ。

「会長、立て替え費用の追加申請が来ました。決裁をお願いします」

「分かった」

「勇人、こっちの確認、頼む」

「回してくれ」

勇人と二三は九校フェスの費用処理に追われているのだった。

この二人に比べればアリサと明はまだ余裕があった。と言ってもやはり、いつもより忙しい。

アリサの表情は、勇人程ではないが何時もより厳しくなっている。

ところがアリサと同じくらい忙しい明は、雰囲気が何となく緩んでいた。

「アーシャ、差し入れー」

風紀委員会本部につながっている裏口から茉莉花が現れた。手に持っている紙バッグを軽く掲げて見せる。

最近の茉莉花は——と言っても既に一ヶ月程にはなるが——部活も風紀委員会もオフの日には良く、家庭科室でお菓子を作っていた。生徒会のアリサを待つ時間を有効活用する為に始めたものだ。最初は意外という目で見られていたが、今では茉莉花がお菓子作りを趣味にしていると、結構広く知られている。

「今日のおやつはマロンクリームマフィンだよ」

「あら、美味しそう」

茉莉花の言葉にアリサではなく明が真っ先に反応した。やはり彼女は、多忙にも拘わらず機嫌が良いようだ。

「──皆、休憩にしてくれ」

勇人がモニターから顔を上げずに、全員に聞こえる大きさの声を出した。

「勇人さんは休まれないのですか？」

アリサの質問に「俺は後で」と短く返す勇人。答える時間ももったいないという感じだった。

「じゃあ、勇人以外は休憩にしよう」

一二三がそう言って立ち上がった。

「ココナ、副会長と書記、それから遠上さんに飲み物を用意してくれ」

そしてミーティング用のテーブルに移動しながらココナに指示を出す。彼は茉莉花の分も忘れなかった。剣術で鍛えられた長身の体格が威圧的だが、温和な顔立ちのとおり、彼は気遣いができる青年だった。

明がテーブルを拭き、アリサが人数分のケーキ皿とフォークを出した。そのお皿の上に茉莉花がマフィンを載せていく。無論、勇人の分も置いてある。

女子三人がテーブルに着いたところにちょうど良くココナが飲み物を持ってきて、コーヒーブレイクが始まった。

茉莉花のマフィンは女子の間だけでなく一二三にも好評だった。茉莉花はニコニコしながら

マフィンを食べている同級生＋一名を見ている。

「明、何だかご機嫌だね。どうしたの？」

一番機嫌が良さそうな明に、茉莉花が理由を訊ねた。

「えっ、知りたい？」

明は得意げな顔で――所謂「ドヤ顔」だ――茉莉花に問い返す。

茉莉花は心の中でこっそり「ウザっ」と呟きながら、表面上は「うん、聞きたい」と頷いた。

「じゃっじゃーん！」

「ウザっ」

セルフでファンファーレを口ずさみながら何かの封筒を取り出した明に――どうやら身に着けて持ち歩いているらしい――茉莉花は今度こそ口に出して呟いた。

「ミーナ……」

親友の悪口、ではなく口の悪さをアリサがたしなめる。

「良いのよ、アリサ。私、今ならどんなことでも許せる気分だから」

その言葉のとおり、何時もはクールな明の顔がだらしなく緩んでいた。

「そんなことより、見て見て」

「えーっと……差出人は司波先輩!?」

茉莉花が驚きの声を上げる。なおアリサは先程、同じ道を通ったばかりだった。

「そう！　司波達也先輩様がね、私に名指しでお手紙をくれたの！」

興奮の余り、明は日本語が少々おかしくなっていた。

「へぇ、良かったじゃない」

今度こそ茉莉花は、友人の喜びを素直に祝福した。

「フェスの心残りもこれで解消だね」

明は九校フェスの研究発表会の後に、達也と直接話す機会が持てなかったことをとても残念がっていた。見ていて気の毒になる落ち込みようだった。

「お手紙をくださっただけじゃないわ。何と！　ＦＬＴに招待してくださったのよ！」

「ふぇぇぇぇぇー？」というロングトーンをバックコーラスに、茉莉花はただでさえ大きな目をいっぱいに見開いた。

「何で⁉」

茉莉花は研究発表の会場に来ていたのが達也本人ではなく影武者だったことを知っている。だからその疑問は、尚更に大きかった。

「私も最初は驚いたわ。研究発表の代表を務めた堀越先輩じゃなくて、何故私なのかって」

明は影武者のことを知らない。彼女の疑問は茉莉花と方向性が違っていたが、「それも確かに」と頷けるものだった。

「でも間違いじゃなかったの。達也様は私の重力制御魔法を褒めてくださったの！」

「司波先輩の恒星炉は重力制御魔法を基礎にしているから、刻印魔法で安定的に無重力状態を維持した明の技術に興味を持たれたみたいなの」

一足先に事情を知っていたアリサが、上手く説明できなくなっている明に代わって茉莉花の疑問に答えた。

「そうなんだ……。おめでとう、明。チャンスだね」

「ありがとう。今度こそ達也様のサインをゲットするわ！」

それはちょっと違うんじゃないかな、とアリサは思った。

サインってまさか婚姻届じゃないでしょうね、と茉莉花は少々的外れな疑念を懐いた。

それほど明は舞い上がっている。今なら勇人に仕事を全部押し付けられても、笑顔で引き受けそうだった。

◇◇◇

生徒会室で浮かれる明に、アリサと茉莉花が呆れた視線と生温かい視線を交互に送っていた日の夜。

早馬のマンションを、安西の使者が訪れた。早馬にはお馴染みの鈴里だ。

「……私からの報告は以上です。この度は御前にご満足いただける結果を出せなかったこと、まことに申し訳ございませんでした」

改まった口調で早馬が鈴里に許しを請う。早馬は絨毯の上で土下座している自分を、大袈裟とは思わなかった。彼女は今、安西の使者としてこの場にいる。

「御前は誘酔さんのことを咎めてはいらっしゃいませんよ」

「恐縮です」

早馬は、すぐには顔を上げなかった。「誘酔さん」と鈴里に事務的な口調で呼び掛けられて、ようやく頭を上げた。

その口調は早馬に新たな任務を伝える時のものだった。

「もう一度、奈良に足を運んでください」

「すぐに、ですか？」

「いえ、一週間以内に」

それは世間的には「すぐに」だが、安西の命令としては時間的な余裕があった。

自分は御前の不興を買っていない、という鈴里の言葉を、取り敢えず信じても良さそうだと早馬は思った。

「九島家長女・九島朱夏に、御前のお言葉を届けるお役目です」

「承ります」

早馬が再び頭を垂れる。ただし今度は、土下座ではない。拝聴の姿勢だ。

「一仕事依頼したいので屋敷まで来るように、と御前は仰せです。九島朱夏が従うならば、誘酔さんがご案内して差し上げてください。これもご命令の一部になります」

「畏れ多くも、九島朱夏が首を縦に振らなかった場合は、如何いたしましょうか」

「特に何もする必要は無い、と仰せです」

なる程、その場合は九島家が見捨てられるだけだな……、と早馬は理解した。

「かしこまりました。一両日中に九島朱夏を連れて参ります」

「無理強いする必要はありませんからね」

早馬は鈴里の言葉を安西のものとして、深々と一礼して恭順を示した。頭を下げた状態で、今回の任務はスムーズに遂行できそうだ、と彼は思った。

「首を縦に振らなかった場合は」という仮定を早馬は口にしたが、実際に安西の言葉が拒まれるとは、彼は微塵も考えていなかった。

# あとがき

『キグナスの乙女たち』第六巻をお届けしました。
如何でしたでしょうか。お楽しみいただけましたか？

お読みいただいたとおり、この第六巻は第五巻までとは趣向が変わっております。察しの良い方は既にお分かりだと思いますが、『夜の帳に闇は閃く』（以下「ヨルヤミ」）はこの展開を準備する為のものでした。とは言え無論のこと、ヨルヤミもキグナスの踏み台ではなく独立したエンタメ小説なのですが。

　このシリーズは『新・魔法科高校の劣等生』という位置付けですが、第五巻までは旧シリーズとの関わりを意図的に薄くしていました。そこにはアリサと茉莉花のシリーズヒロインを埋没させないという狙いがあったのですが、それだけでなくキグナスと旧シリーズをどうつなげれば良いのかという迷いもありました。ヨルヤミを挟むことによって、その点を何とかしたのがこの巻の新展開でした。上手く行っていれば良いのですが。

　しかしその一方で、この巻ではサブの男性キャラばかりが活躍してメインの二人に余り見せ場がありませんでした。アリサと茉莉花には「青春」や「日常」から逸脱させたくないという意図があるからなのですが、この二人の使い方にはもう少し工夫が必要ですね。

本作中にはVRの話が出て来ますが、昨今流行りの所謂フルダイブ型VRではありません。映画『レディ・プレイヤー1』に出てくるVRに近いものです。

……ところで、あの映画の全方向に進むことができる足場のベルトはどういう仕組みになっているんですかね？　球面ならば分かるのですが、映画ではあくまでも平面でしたし……。細かいパネルをつなげた袋を球状のローラーに乗せているのでしょうか？　構造が理解できなかったので本作では空中に浮かせてみました。――まあ、これは余談です。

作中に出てくる触覚VRの触原色（触覚三原色）というのは、触覚を圧力・振動・温度の三要素に分解してそれを重ね合わせることで、VRシステム上で触覚を再現しようというものです。テレビやモニターが光の三原色で天然色を再現しているのと似た理屈なので、触原色と呼びます。これは現実に研究されている技術です。既に実用化しているのかな？　そこまでは存じませんが。

またこの巻の「運動実感」は単純な加速度知覚ではありません。加速度は三半規管で知覚するというのが定説だったと思いますが、この巻で語られている「運動実感」は筋肉や骨格が受ける慣性抵抗と重力負荷が主な要素です。VRは身体が動いていないので空間の移動に伴う負荷が生じないという考え方によります。もちろん、三半規管にも魔法で偽の情報を与えます。

風力発電が気象に与える影響に関しては、このようなページがありました。

https://www.afpbb.com/articles/-/3192229
記事には論文へのリンクが無かったので詳細は読んでいないのですが、この記事とは別に、個人的にも風力発電は環境負荷が高いと考えていました。

地表付近の風を遮っても上空の大気循環には影響しないというのが従来の定説だったと思います。今でもそうなのでしょうか。しかし私は、素人考えですが、この説には懐疑的です。流動性が高い空気が同じ対流圏内で、低層と高層で独立に動くものでしょうか。

それに海と陸の熱交換は、地上付近の風で行われるのではないでしょうか。

海面と陸地の温度差で海風、陸風が発生します。この風の流れで沿岸部と内陸部の熱交換が行われ、気温差が緩和されるのでは？　と思ってしまいます。風力発電が大量に設置されているヨーロッパで夏の猛暑、冬の極寒が増えているのは熱交換が妨げられているからでは……？　というのは悪い方に考え過ぎでしょうか？


この第六巻で魔法科高校の大きなイベントは消化し終えてしまいました。次はどうしましょうか。この巻のラストはハロウィン直前なので、次の巻でハロウィンを使うこともできるのですが……。ハロウィンとクリスマスの短編二本立てという構成もありますね。

どのような形になるか、第七巻をご期待ください。

次の刊行は『メイジアン・カンパニー』の第八巻になる予定です。その次がキグナスの第七巻になるか、ヨルヤミの続きになるかはまだ決まっていません。

メイジアンもキグナスもヨルヤミも、引き続きお付き合いいただければ幸いです。

それでは、今回はこの辺りで。ここまでありがとうございました。

（佐島　勤）

## ◉佐島 勤著作リスト

「魔法科高校の劣等生①～㉜」（電撃文庫）
「魔法科高校の劣等生SS」（同）
「魔法科高校の劣等生 Appendix①～②」（同）
「続・魔法科高校の劣等生 メイジアン・カンパニー①～⑦」（同）
「新・魔法科高校の劣等生 キグナスの乙女たち①～⑥」（同）
「魔法科高校の劣等生 司波達也暗殺計画①～③」（同）
「魔法科高校の劣等生 夜（ヨル）の帳に闇（ヤミ）は閃く」（同）
「ドウルマスターズ1～5」（同）
「魔人執行官（デモーニック・マーシャル） インスタント・ウィッチ」（同）
「魔人執行官（デモーニック・マーシャル）2 リベル・エンジェル」（同）
「魔人執行官（デモーニック・マーシャル）3 スピリチュアル・エッセンス」（同）

**本書に対するご意見、ご感想をお寄せください。**

ファンレターあて先
〒102-8177　東京都千代田区富士見2-13-3
電撃文庫編集部
「佐島 勤先生」係
「石田可奈先生」係



本書は書き下ろしです。

電撃文庫

新・魔法科高校の劣等生
キグナスの乙女たち⑥

佐島 勤

2024年2月10日　初版発行

発行者　山下直久
発行　株式会社KADOKAWA
〒102-8177　東京都千代田区富士見2-13-3
0570-002-301（ナビダイヤル）
装丁者　荻窪裕司（META＋MANIERA）
印刷　株式会社暁印刷
製本　株式会社暁印刷


●お問い合わせ
https://www.kadokawa.co.jp/（「お問い合わせ」へお進みください）
※内容によっては、お答えできない場合があります。
※サポートは日本国内のみとさせていただきます。
※ Japanese text only

※定価はカバーに表示してあります。


ISBN978-4-04-915114-5　C0193　Printed in Japan

電撃文庫　https://dengekibunko.jp/

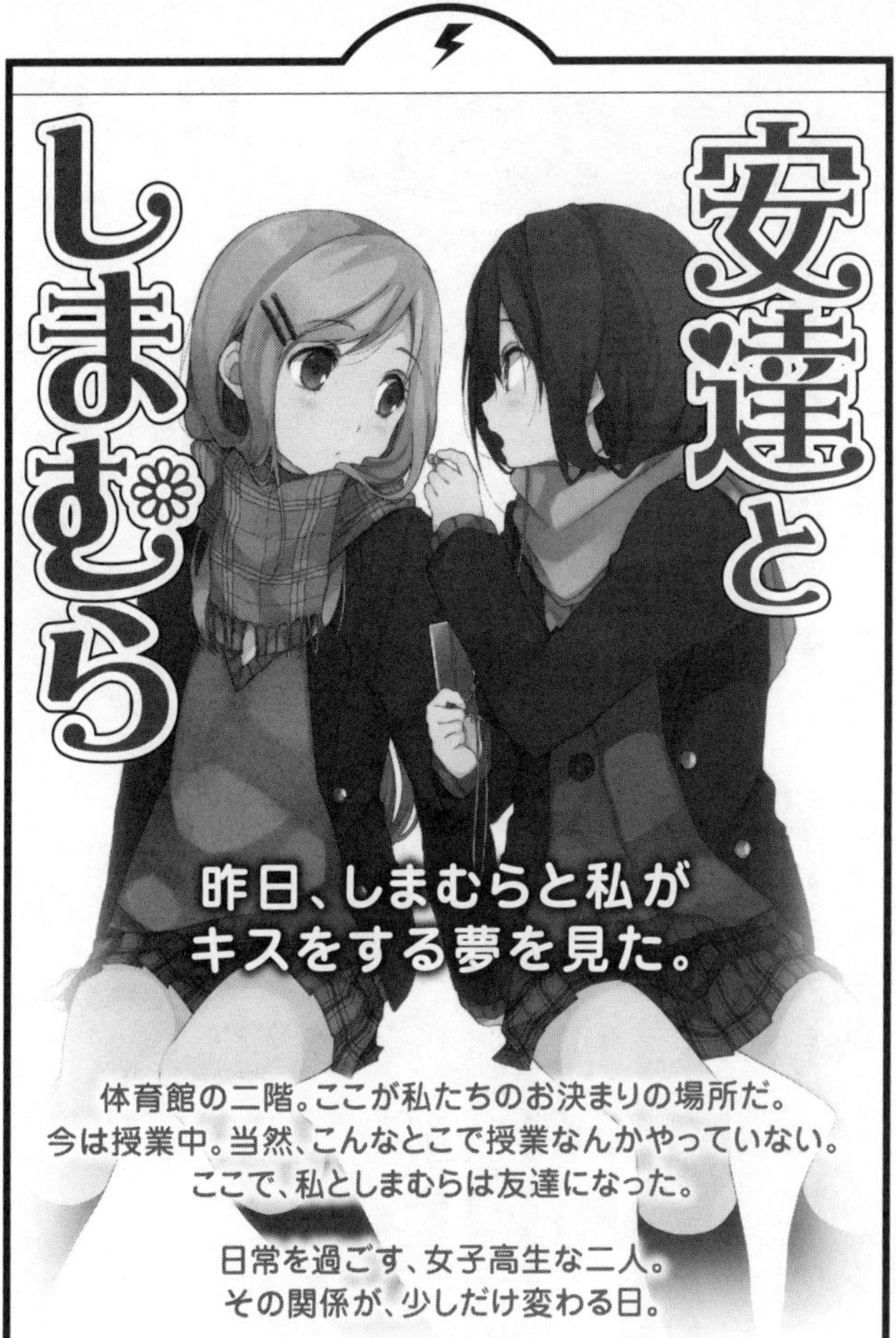
安達と
しまむら
昨日、しまむらと私が
キスをする夢を見た。
体育館の二階。ここが私たちのお決まりの場所だ。
今は授業中。当然、こんなとこで授業なんかやっていない。
ここで、私としまむらは友達になった。
日常を過ごす、女子高生な二人。
その関係が、少しだけ変わる日。
入間人間 イラスト／のん
電撃文庫

幼なじみが絶対に負けないラブコメ
OSANANAJIMI GA ZETTAI NI MAKENAI LOVE COMEDY
［著］二丸修一
SHUICHI NIMARU
［絵］しぐれうい
『幼なじみ』
VS
『初恋の少女』
先の読めない
最先端ラブコメ開幕!!
STORY
高校２年生の丸末晴は、幼なじみの少女・志田黒羽からの好意を知りながらも、初恋の相手である可知白草に一途な恋心を抱いていた。だがそんな矢先、白草に彼氏がいることが発覚！
末晴は深い絶望の末、黒羽と手を組んで、男の純情を踏みにじった白草に"最高の復讐"をすることを決意する!!
電撃文庫

# 全話完全無料のWeb小説＆コミックサイト

# 電撃ノベコミ＋

**NOVEL** 完全新作からアニメ化作品のスピンオフ・異色のコラボ作品まで、作家の「書きたい」と読者の「読みたい」を繋ぐ作品を多数ラインナップ。

## ここでしか読めないオリジナル作品を先行連載！

**COMIC** 「電撃文庫」「電撃の新文芸」から生まれた、ComicWalker掲載のコミカライズ作品をまとめてチェック。

## 電撃文庫＆電撃の新文芸原作のコミックを掲載！

電撃ノベコミ＋ 検索

最新情報は
公式Xをチェック！
@NovecomiPlus